琴のそら音

琴之空音

鬼才的迷局

〔日〕夏目漱石 等 著

赵晓丹 译

北方文艺出版社

图书在版编目（CIP）数据

琴之空音 /（日）夏目漱石等著；赵晓丹译 . —— 哈尔
滨：北方文艺出版社，2023.4
ISBN 978-7-5317-5757-3

Ⅰ.①琴… Ⅱ.①夏…②赵… Ⅲ.①短篇小说 – 小
说集 – 日本 – 现代②中篇小说 – 小说集 – 日本 – 现代
Ⅳ.①I313.45

中国版本图书馆 CIP 数据核字（2022）第 226373 号

琴之空音
QINZHIKONGYIN

作　者 /［日］夏目漱石 等　　　　　译　者 / 赵晓丹
责任编辑 / 张贺然　常 青　　　　　封面插画 / 邵怡颖
出版统筹 / 罗婷婷　庄本婷　　　　　封面设计 / 邓睿麟
产品策划 / 倪　兵

出版发行 / 北方文艺出版社　　　　　邮　编 / 150008
发行电话 /（0451）86825533　　　　经　销 / 新华书店
地　址 / 哈尔滨市南岗区宣庆小区 1 号楼　网　址 / www.bfwy.com
印　刷 / 三河市天润建兴印务有限公司　开　本 / 787mm×1092mm　1/32
字　数 / 130 千　　　　　　　　　　印　张 / 8.5
版　次 / 2023 年 4 月第 1 版　　　　印　次 / 2023 年 4 月第 1 次印刷
书　号 / ISBN 978-7-5317-5757-3　　定　价 / 59.80 元

目 录

吓人一跳

人心叵测

恶魔的诱惑

吓 人 一 跳

两封信

芥川龙之介

我曾在一次机缘巧合之下得到了如下两封信。这两封信分别于今年2月中旬和3月上旬被寄给了警察署长，且预先支付了邮费。至于为何要在此公开，信件内容本身便可表明缘由。

第一封信

警察署长阁下：

首先，请您相信我神志清醒。我可以向四方神明起誓。因此，请相信我的精神没有异常。否则，我给您写信恐怕就毫无意义了。要是那样的话，我又何必写这么一封长信呢？

阁下，其实在写这封信之前，我曾犹豫良久。因为，既然要写这封信，我就不得不把我全家的秘密暴露在阁下面前。这当然严重有损我的名誉，但我要是不赶快把事情写下来的话，就得每时每刻承受痛苦的折磨。因而，我这才断然决定把这件事做个了结。

出于这种必要，不得不写下这封信的我为何被人当作疯子却仍然保持沉默呢？我在此再次请求阁下，请您相信我真的很清醒。那么，请您读一读这封信吧。这是我赌上我和我妻子的名誉而写下的。

阁下公务繁忙，想必我啰啰唆唆地写了这么多，给您添了不少麻烦。不过，有关我下面所要陈述的事实的性质，无论如何都需要您相信我是神志清醒的。否则，您又如何能相信这种超自然的事实呢？又如何会相信这种创造性能量的奇妙作用呢？我所期望阁下留意的事实的确匪夷所思。因此，我才冒昧提出了以上的请求。我接下来所写到的这些事情，可能难免有点冗长。不过，一方面是为了证明我的精神没有异常；另一方面也是为了让您了解这种事并非史无前例。因此，我想还是有几分必要的。

历史上最著名的例子之一，应该要数卡捷琳娜女皇经历的那件事了，还有歌德身上出现的现象也同样著名。

不过，这些事件太过脍炙人口，我就不再刻意说明了。我想通过两三个权威性的实例，尽可能简明扼要地说明这一神秘事件的性质。首先，从维纳医生（Dr. Werner）所举的实例说起。据他说，在路德维希堡有个叫拉采尔（Ratzel）的珠宝商，有一天晚上在拐过街角的时候，和一个与自己毫厘不差的男人打了个照面，之后，那个男人在帮伐木工人砍槲树的时候，被倒下的树压死了。类似的事件还发生在罗斯托克的数学教授贝克尔（Becker）的身上。某天晚上，贝克尔正在和五六个朋友讨论神学问题，需要引用一些书籍上的内容，于是，他独自去了自己的书房。结果他发现另一个自己正坐在他常坐的椅子上看书。贝克尔惊异地越过那人的肩头瞥了一眼，那本书是《圣经》。那个人的右手正好指在"预备你的墓吧，你就要死了"这一章。贝克尔回到朋友所在的房间之后，便告诉大家自己死期将近。之后果不其然，第二天下午 6 点，他就静静地停止了呼吸。

这样看来，能自己看到自己的这种幻觉预示着死亡。然而，也不尽如此。维纳医生曾经记录过，有个叫蒂勒纽斯的夫人，和自己 6 岁的儿子以及小姑子共同目睹了身着黑衣的另一个她自己，之后却安然无恙。这也是此种事件被第三者目击的实例。斯梯陵教授所举出的名为特里普林的魏玛官员，以及他所认识的某位 M 夫人的实例，也都属于这一类事件。

倘若进一步探索只出现在第三者身上的分身幻象的例子，该种情况也绝非罕见。事实上，维纳医生自己也见到过女仆的分身幻象。另外，乌尔姆高等法院院长普菲策尔，也曾为他的官员朋友在自家书房见到了远在哥廷根的儿子的幻象而做过证。此外，《有关幽灵性质的探究》一书的作者也曾提到，在坎帕兰的加阿克灵顿教会区，有个 7 岁的女孩见到了父亲的分身幻象；《自然的黑暗面》的作者曾举例，有个叫 H 的科学家兼艺术家，在 1792 年 3 月 12 日的晚上目睹了叔父的分身幻象。诸如此类的实例若是数点起来，恐怕还有很多。

我并不想通过列举以上实例来浪费阁下宝贵的时间，只是想让您了解这些不容置疑的事实而已。否则，您或许会觉得我所写的都是毫无根据的蠢话。何出此言呢？因为我自己也在为这种分身幻象而苦恼。关于这点，我有事想拜托您。

我先写写我自己的分身幻象吧。不过，详细说来，应该是我和我妻子的分身幻象。我住在本区某町某巷某号，名叫佐佐木信一郎，年龄35岁，自东京帝国文科大学哲学系毕业后，一直做某私立大学的伦理及英语教师。我的妻子房子在四年前与我结婚，今年27岁，还没有孩子。我想在此提醒阁下格外注意的是，我妻子有歇斯底里的特质。这种情况在结婚前后最为严重，有一段时间，她甚至几乎不同我讲话，整日郁郁寡欢，但近几年很少发作，情绪比之前也快活许多。不过，从去年秋天开始，她的精神状态貌似又不太稳定，最近还有些反常的言行，让我很是痛苦。然而，我之所以强调妻子的歇斯底里，是因为这与我对诡异现象的解释有某种关联，有关这一点，我将在后文进行详细说明。

那么，我和我妻子所经历的分身幻象究竟是怎么一回事呢？至今大约发生过三次。下面我将以我的日记为参考，尽量将这些事件准确地记载下来，请您一阅。

第一次发生在去年11月7日，时间大约在晚上9点到9点半。那天，我和妻子两个人去观看了有乐剧团的慈善演出。坦白说，那场演出的票本来是我朋友夫妇买的，他们因为临时有事去不了，就好心地把票送给了我们。有关演出本身，不必多说。其实，我对音乐和舞蹈都不感兴趣，可以说是为了陪妻子才去的。大部分节目都让我觉得索然无味，所以就算我想和您多讲几句，也没有这方面的素材。不过，我记得在中场休息之前，演出的内容是宽永御前比武的故事。当时我的内心是否在期待着发生点儿什么事情呢？不过就算有这种想法，在听了宽永御前比武的故事之后，也会一扫而光了吧。

一到中场休息时间，我便留下妻子一人，来到走廊，准备去上厕所。那时，狭窄的走廊自然已是摩肩接踵。当我去完厕所回来，穿梭于人群中，沿着那条弧形的走廊来到玄关的时候，不出所料地看到了靠着对面走廊墙壁站着的妻子。妻子似乎觉得灯光有点太耀眼，小心翼翼地垂着眼帘，侧脸对着我静静站立着。这倒也没什么可奇怪的。然而，可怕的瞬间发生了，我的视觉和理智几乎在一刹那就被击溃了。我的视线偶然地——更确切地说，因为某种超越人的智力的隐秘原因——落在了站在妻子身后的一个男人身上。他就站在我原来的位置上。

阁下，那时，我认清那个人就是我自己。

第二个我和本我穿着一模一样的外褂和裤裙，还摆出了同样的姿势。倘若他转过脸来，恐怕容貌也和我毫无二致。我当时的心情真是难以形容。我附近的行人络绎不绝，头顶的电灯全都亮如白昼。可以说，我身边完全不具备发生灵异事件的条件，对吧？其实，我就是在这样的外部环境中，猛然见到这个超出认知以外的存在的。我错愕不已，心中恐惧更胜。倘若当时妻子没有瞧我一眼的话，我定会大吼大叫，引起周围人对这诡异幻影的注意。

不过，幸好妻子的视线与我的视线交会在了一处。几乎与此同时，第二个我就像玻璃碎裂一般，转眼从我的视野中消失不见了。我就像个梦游病患者一样，茫然地走到妻子身边。然而，妻子却仿佛不曾见到第二个我似的。我一走到她身侧，她就用平常的语气说道："这一趟去了好久啊。"接着，她看了看我的脸，小心翼翼地问道："怎么了？"我当时肯定是面如死灰一般。我擦了擦冷汗，犹豫着要不要把我看到的超自然现象告诉妻子。可是，看着她担心的神情，我该如何和她讲清楚这件事情呢？为了不让她担心，我决定绝口不提看到另一个自己的事情。

阁下，若是我妻子不爱我、我也不爱她的话，我又怎会下这种决心呢？我敢说，直到今日，我们仍然是真心相爱的。可是，世人却不认可这一点。阁下，世人不承认我妻子爱我，这可真是件可怕又可耻的事情。对我来说，这比他们不承认我爱我妻子更加令人感到屈辱。而且，他们甚至开始怀疑我妻子不贞……

我情绪有点激动，不由得离题了。

从那天晚上之后，我就被某种不安所困扰。正如前面所举的诸多实例所言，分身幻象的出现多预示着当事人的死亡。可是，我竟然在这种惴惴不安中平安无事地度过了一个月，还过完了新年。但我自然没有忘记第二个我。不过，随着时间的流逝，我的恐惧和不安也渐渐缓和。不，实际上，我甚至想过把一切都以幻觉解释了事。

结果，就像是在教训我不可疏忽大意一样，第二个我再次出现在我面前。

那天是 1 月 17 日，正好是星期四将近中午的时候。那天我在学校里，突然有老友来访，下午刚好没有课，于是我们一起离开了学校，去骏河台的一家咖啡馆吃饭。如您所知，骏河台下面的十字路口附近有一座大钟。下电车的时候，我发现时钟的指针正指向 12：15 分。对当时的我来说，大钟的白色表盘一动不动地映衬着阴沉欲雪的天空，看起来有些莫名的恐怖。或许这就是发生那种幻觉的前兆吧。当这种恐惧突然袭来的时候，我无意间瞥了一眼大钟，视线落在了隔着一条电车轨道的中西屋前面的车站，结果看到我自己正和妻子并肩站在那根红色的柱子前，看起来很是恩爱。

我妻子穿着黑色的外套，系着一条茶色的丝巾，好像在对身穿灰色外套、头戴礼帽的我——第二个我——说着什么。阁下，那天的我正穿戴着灰色外套和黑色礼帽。我以充满恐惧的眼神看着这两个幻影，也以深恶痛绝的心情看着这两个幻影，尤其是在我妻子撒娇地盯着第二个我的容貌时——啊，一切都是噩梦啊。我终究没有勇气重现我当时的位置。我不由得抓住朋友的手肘，失魂落魄地站在街头。这时候，护城河线的电车正呼啸着从骏河台方向朝坡下驶来，挡在了我的面前，真是如有神助，因为我们正好要穿过护城河线到对面去。

当然，电车很快就从我们面前开走了。但之后挡住我视线的，只有中西屋前面的红柱子。两个幻影在被电车挡住的瞬间就消失无踪了。我催促着面带讶色的朋友，刻意谈笑着无聊的话题，迈着大步走了过去。后来，这位朋友造谣说我疯了。不过，考虑到我当时的反常行为，他这么想也不无道理。可是，若是把我发疯的原因归结为我妻子品行不端，那就是对我的侮辱。最近，我给那位朋友寄了一封绝交信。

我在忙于记录事实之余，没有证明当时我见到的妻子只是她的分身幻象。当天正午前后，我妻子的确没有外出。

不但她自己这么说，就连我家女仆也这么说。而且，她从前一天就说自己头痛，始终闷闷不乐，不可能突然外出。如此看来，当时映入我眼帘的妻子的身影，不正是分身幻象吗？我清楚地记得，当我询问妻子是否曾外出时，她瞪大眼睛说："并未。"要是如世人所说，妻子欺骗于我，那么，她是不可能露出那种孩子般天真无邪的表情来的。

我在相信第二个我的客观存在之前，当然会怀疑自己的精神状态。但是，我的头脑毫不混乱，既能安睡，也能学习。自从再次见到第二个我之后，我变得动辄大惊小怪。然而，这只是接触到诡异现象的结果，却绝对不是原因。无论如何，我都不得不相信这个超出认知以外的存在。

但是，我当时仍然没有告诉妻子有关那个幻影的事情。假如命运允许的话，我到今天也仍旧会噤口不言。然而，执拗的第二个我，第三次出现在了我的眼前。这是上周二，也就是 2 月 13 日晚上 7 点左右的事情。当时，我陷入了不得不向妻子坦白一切的境地，别无他法，因为除了这么做以外，再没有别的方法可以减轻我们的不幸了。此事容我稍后告知吧。

那天，我正好值夜班，放学后不久，我因为剧烈的胃痉挛发作，听从了校医的劝告，乘车回家了。那天从正午就开始了疾风骤雨，我快到家的时候，已经是倾盆大雨了。我在门前匆匆付了车费，冒着雨急急忙忙地跑到门口。玄关处的格扇门如同往常一样，在里面插着门闩。我从外面也能拨开门闩，因此很快就打开隔扇门走了进去。或许是雨声盖住了隔扇门的声音，并没有人迎出来。我脱下鞋，把帽子和外套挂好，打开了距离玄关不到两米的书房的拉门。因为我习惯在去起居室之前，先把装着教科书和其他物品的手提包放在那里。

结果，我眼前瞬时出现了不可思议的景象。朝北的窗前的书桌、桌前的转椅以及四周的书架自然没有什么变化。可是，侧身站在桌边的女子和坐在转椅上的男人到底是谁呢？阁下，彼时第二个我和第二个我妻子距离我仅仅咫尺之遥。即便我想忘记当时的恐怖情形，也实难做到。我站在门槛处，可以看到两人面向桌子的侧脸。在窗外照进来的清冷光线映照下，两张脸上都呈现出鲜明的明暗对比。他们面前那盏黄色丝绸灯罩的电灯，在我眼中几乎一片漆黑。这是多么讽刺啊！他们正在阅读我记录这种诡异现象的日记。那日记本摊开在书桌上，我一眼就看到了。

当我看到这一幕的时候，我记得自己发出了一声连自己都感到莫名其妙的叫声。随着这一声叫喊，两个人的幻影同时朝我看来。倘若他们并非幻影，我就可以从当中的妻子那里得知我当时的模样了。然而，这自然是不可能的。我只记得当时感到一阵强烈的眩晕，之后便倒了下去，不省人事了。那时，我妻子被声音惊动、从起居室跑过来的时候，那该死的幻影应该已经消失了。妻子让我在书房里躺下，随即把冰袋拿过来敷在了我的额头。

　　三十分钟后，我恢复了意识。妻子见我醒来，突然放声大哭，表示我最近的言行举止令她难以理解。"你是在怀疑我，对吗？既然如此，为什么不明说呢？"她埋怨着我。阁下您也知道，世人都在怀疑我妻子不贞。这种谣言已经传到了我的耳朵里。恐怕妻子也已经不知从谁那里听说了。我从她的话语中听出，她以为我也有这种怀疑。我感到她在发抖。妻子认为我所有的反常行为都是出于怀疑。如果我继续保持沉默，对她只是百般折磨而已。于是，我一边尽量不让额头上的冰袋掉下来，一边默默转脸看向妻子，低声道："请原谅我吧，我有事瞒着你。"然后，我把第二个我三次出现在我眼前的事情，事无巨细地讲给她听了。"在我看来，坊间传言是有人看到第二个我和第二个你在一起，之后捏造出来的。我相信你，你也要相信我。"我坚定地补充道。然而，我妻子身为弱女子却成了世人怀疑的对象，是多么痛苦的事情啊！肯定是因为用分身幻象这一现象来解释这些疑问的话，实在有些太过离奇了。妻子伏在我枕边，啜泣不止。

于是，我把前述种种实例向她一一举出，告诉她分身幻象存在的可能性。阁下，像我妻子这种歇斯底里的女人，特别容易发生这种奇异的现象。有关此类事件的记录也不少。例如，著名的梦游症患者奥古斯特·穆勒就曾频频出现分身幻象。但也有人指出，分身幻象是基于梦游症患者的意愿出现的，而我的妻子完全没有这种意愿，因而她并不符合这种情况。退一步讲，就算这样可以解释妻子的分身幻象，那我也可能会对此持质疑态度。但这绝对不是无法解释的难题。为什么这么说呢？因为人们有时候能够表现出自己以外的其他人的分身幻象，这是毋庸置疑的。弗朗茨·冯·巴德尔给维纳医生的信中提到，爱卡尔邵生（译者注：德语 Karl von Eckartshausen，德国神秘主义者、作家、哲学家）就曾在死前公开宣称自己拥有具现分身幻象的能力。由此可见，第二个疑问和第一个疑问一样，关键在于妻子是否有这么做的意愿。而意愿的有无，又是不确定的事。我妻子固然没有具现出分身幻象的意愿，但她心里始终是想着我的，也可能是希望和我一起去什么地方。她既然具备此种特质，那么如果她有想具现分身幻象的意愿的话，出现同样的结果也就顺理成章了。至少我是这样认为的。更何况，像我妻子这样的例子也是随处可见。

我如此这般安慰了她一通。妻子终于明白了我的意思，说道："只是你太可怜了呀。"她目不转睛地盯着我的脸，拭干了眼泪。

阁下，过去曾出现在我身上的分身幻象的事件，大概就是以上这些。我把这件事当作自己和妻子之间的隐私，从未对任何人吐露过。但现在已经是此一时、彼一时了。世人开始公然嘲笑于我，并憎恶我的妻子。事实上，最近一段时间甚至有人唱着讽刺我妻子品行不端的小曲儿从我家门前经过。我怎能对此视若无睹呢？

不过，我向您倾诉这些事情，并不仅仅因为我们夫妇无端受到侮辱。对这种侮辱一再忍耐的结果，就是我妻子歇斯底里的症状越发严重。如果她这种症状恶化的话，分身幻象的出现可能会更加频繁。这样一来，世人对我妻子不贞的怀疑就会更甚。我真不知道该如何摆脱这个困境。

阁下，在这种情况下，您的保护是我今后唯一的出路了。请您无论如何相信我所说的话，同情一下我们这对受到社会残酷迫害的夫妻吧。我的一个同事当着我的面大声朗读报纸上刊登的通奸事件；我的一位前辈给我写信，在讽刺我妻子品行不端的同时，还委婉地劝我离婚；我的学生不仅不认真听我讲课，还在我教室的黑板上画了我和我妻子的漫画，下面写着"可喜可贺"。这些还都是与我多少有些交情的人的所作所为。最近，许多与我素不相识的人也对我们横加侮辱。有人寄来匿名的明信片，把我的妻子比作禽兽；还有人比那些学生更甚，在我家的黑墙上不雅地写写画画；更有甚者，潜入我家院子，偷窥我和妻子吃晚饭的情形。阁下，他们这干的是人事儿吗？

我写这封信，就是为了向您陈述此事。至于官府要采取怎样的措施对待那些凌辱、威胁我们夫妻的人，自然是阁下的问题，不是我们的问题。但我确信，贤明的阁下一定会为我们夫妻最恰当地行使您的权力。请您务必履行您的职责，以不负您的盛名。

若您有任何疑问，我愿意随时听您传唤，就此搁笔。

第二封信

警察署长阁下：

阁下的怠慢给我们夫妻带来了最终的不幸。我妻子昨天突然失踪，到现在仍不知去向。我担心她会因为受不了舆论压力而自杀。

世人终于杀害了一个无辜之人，而阁下您就是可恨的帮凶之一。

我决定今天开始不再居住在本区。在您这种无能又不作为的警察手下，我怎能住得安心呢？

阁下，前天我从学校辞职了，今后我将全力从事超自然现象的研究。阁下恐怕会像世人一样，对我的计划嗤之以鼻吧？可是，以一个警察署长的身份否定一切超自然现象，岂不是件可耻的事情吗？

阁下您应该了解一下人类是多么无知。就连您手下的刑警，也有很多人患有您做梦都想不到的传染病，尤其是那些传染病可以通过接吻迅速扩散的事实，除我以外，几乎没人知道。这个例子足以摧毁阁下傲慢的世界观。……

× × ×

后面还写了长篇累牍的几乎毫无意义的哲学性论述。因其无关紧要，故而在此略去不提了。

琴之空音

夏目漱石

"真是稀客呀，好久不见啦！"津田一边细细捻着冒出来的灯芯，一边说道。

当他这么说的时候，我正用三根手指在膝盖快磨破的裤子上把玩着相马烧茶杯的杯底，心想：确实是许久未见了，自从过年时见过面，直到春暖花开的今天，我都没来过津田君的住处。

"总想着过来看看，可总是忙忙碌碌的……"

"你肯定很忙吧。不管怎么说，毕竟和上学的时候不一样了。最近你还是每天忙到下午 6 点吗？"

"嗯，差不多，回家吃个饭就该睡觉了。别提学习了，就连好好泡个澡的时间都没有。"我把茶杯放在榻榻米上，露出一副很不情愿毕业的表情。

津田闻言似乎对我产生了些许同情，说道："怪不得见你清瘦了些，肯定很辛苦吧！"不知道是不是我的错觉，津田在成为大学生以后看起来富态了不少，让我有点恼火。在他的桌子上摊开放着一本貌似很有趣的书，右面那页上用铅笔写着注解。一想到他可以如此闲适，我既羡慕又嫉妒，同时也对自己的现状感到不满。

"你还是老样子，好好学习就行啦。那本读到一半的是什么书？感觉你的笔记做得很细致呢。"

"这个啊，这是一本有关幽灵的书。"津田很是漫不经心地回答。在这忙碌的时代，他还能悠闲地读着一本冷门的幽灵读物，何止是安逸，简直是种奢侈了。

"我也想静下心来研究一下幽灵，可是我每天都要从芝区回到小石川的城区，别说研究幽灵了，我自己都快变成幽灵了。一想到这些，我就心里没底。"

"是啊，我都忘了问你了。搬新家的感受如何？独栋的房子住起来就是有种主人的感觉对不对？"津田不愧是研究幽灵的人，从心理作用的角度提出了问题。

"没有什么主人的感觉，还是寄宿比较轻松。寄宿时，事事都有人帮你打理得妥妥帖帖，反而让人有一种特殊的主人般的感觉呢。不管怎么说，用黄铜水壶烧水，用铁盆洗脸的人可不像主人呀。"我坦白说道。

"纵使如此，主人还是主人。一想到这是自己的家，就会觉得很愉快吧。因为从原则上讲，'拥有'和'爱惜'大抵是相伴而生的。"津田从心理学的角度来解析人的内心。所谓学者，就是即使没人提问，也会原原本本地把事情讲清楚的人。

"或许把那里当成我自己的家的话，感受会有所不同，可我就是不想把它当成我的家。我的名片之所以贴在门口，只不过是因为我名义上是那里的主人罢了。七円（日本的货币单位）五钱的房租的主人，虽说是主人，却也不怎么光彩。只能算主人家的一个属下吧。要当主人，起码也得当一品主人或二品主人才行，不然也没什么可高兴的。现在只是比寄宿的时候更麻烦而已。"我不假思索地发着牢骚，观察了一下对方的表情，只要对方表示出丁点儿同情，我的满腹牢骚就会一触即发。

"原来如此，或许你说的没错。因为仍然在寄宿的我，和拥有新房子的你，立场是全然不同的。"他讲话晦涩难懂，但还是赞成我的说法。这样的话，貌似再发发牢骚也不妨事。

"每天一回家，家里的老嬷嬷就会拿着一本横向装订的账本走过来，细细地告诉我今天买了三钱大酱、两根萝卜、一钱五厘花扁豆之类的，真是烦死人了。"

"你嫌烦的话，就让她不要报账了。"津田不愧是寄宿生，随口这样讲道。

"就算我让她不要汇报了，她也不同意，真是让人为难。我告诉她，我不会一一过问这种事，差不多就行了。可是她却回答我说，既然您家里没有夫人，这些一日三餐的事情交给了我，那么一分一厘都不能出差错。她顽固得很，根本不听我的。"

"那么，你就敷衍地听听就好了。"津田似乎觉得，无论外界有怎样的刺激，内心都可以自由活动。这么看，他可不像个心理学家。

"还不止这些呢。仔细地报了账之后，她还要求我对明天的食谱做出具体指示，真让人头痛啊。"

"那你就让她自己看着办呗？"

"可是，她却总是拿不定主意，真让人没辙。"

"那你就直接定呗，列个菜单还不容易吗？"

"要是像你说的那么容易就好了。我这个人五谷不分，要是她问我明天的汤里放点儿什么，我压根答不出来……"

"什么汤？"

"就是酱汤。东京的老嬷嬷习惯把它叫作汤。她会先问里面放什么。可能我该先把里面的材料列出来然后进行挑选。可是，对我来说，列出材料就是一道难题了，更别说列出来还要进行挑选，简直是难上加难。"

"做个饭都困难重重的，可真愁人啊。或许是因为你没有特别喜欢的东西，所以难以抉择。原则上讲，当你面对两个以上的事物，而你对它们的好恶程度差不多的时候，你的决断力就会变得迟钝。"经他这么一讲，明明白白的事情变得复杂了起来。

"连酱汤的材料都要请示，有点夸张了。"

"嗯，毕竟是有关饮食方面嘛。"

"嗯。她还每天早上往梅干上撒白糖，要求我必须吃一个。不吃的话，她就会很不高兴。"

"那你吃了又会怎样？"

"据说能让人没病没灾。而老嬷嬷的理由很有趣。她说，无论住在日本哪家旅店，早上都有梅干供应。如果不灵验的话，就不可能成为大家的习惯。所以她特别重视这件事情。"

"她说的似乎也没错，毕竟存在即合理。不能小看梅干哦。"

"喂，连你都替这老嬷嬷讲话，这样一来我就更不像个主人了。"说着，我顺手把抽剩的卷烟扔进了火盆的灰烬里。尚未燃尽的火柴呈"一"字倾斜，冒着袅袅白烟。

"反正是个安于故俗的老嬷嬷。"

"何止是安于故俗，简直是迷信。她每个月都要去两三次传通院，找和尚解惑。"

"她有亲戚当和尚吗？"

"哪有！和尚给她占卜就是为了挣点儿钱而已。那和尚净说些没用的话，导致局面越发不可收拾了。就拿我这房子来说吧，买的时候，他又说有鬼门，又说大门朝向走投无路，弄得我心慌意乱的。"

"你不是有了房子以后才雇的那个老嬷嬷吗？"

"我是在搬家的时候雇她的，但是我们早都有约了。其实，她是四谷的宇野介绍给我的。而且我母亲也说这嬷嬷挺可靠的，有了用人以后，母亲也放心不与我同住了。"

"这样看来，那就是你未来妻子的婆婆认可的人啦！那肯定是靠谱的。"

"她人品不错，就是迷信得令人吃惊。听说，她在我搬家的前三天就去找那个和尚算过了。那和尚说，这时从本乡往小石川搬迁很不吉利，会克妻。你说这不是多管闲事吗？明明是个和尚，还要在那儿不懂装懂地瞎说一气。"

"他就是做这个营生的，没办法。"

"如果只是挣钱也就算了，问题是他拿了钱还净说些不中听的话。"

"你再怎么生气也无济于事，我也帮不了你。"

"而且那个和尚还补充说，这事专克年轻女人。这可把那老嬷嬷吓坏了。我家的年轻女子，除了最近要嫁过来的宇野家的女儿，也没别人了。那老嬷嬷想到这些就提心吊胆的。"

"不是还没嫁过来呢吗？"

"还没嫁过来，就开始杞人忧天啦。"

"真搞不懂是打趣还是认真的。"

"简直让人无话可说。对了，最近我家附近总有野狗在远处嚎叫……"

"有狗在远处嚎叫与老嬷嬷有什么关系吗？我实在想不出来。"津田蹙眉，就算他再擅长心理学也无法对此做出解释。我故作从容地讨了杯茶吃。相马烧的茶杯廉价又俗气，甚至有传闻说，这原本是贫穷的士族作为副业所烧制的。津田沏了二两多茶叶，斟了满满一杯给我。此时，我却感觉有点不舒服，不想再喝了。只见茶杯底部画着一匹狩野法眼元信流派的马，活灵活现的。如此活泼的马和这廉价的茶杯极不相称。马画得虽好，却也没必要勉强自己喝掉并不想喝的茶水，于是我并没有拿起茶杯。

"请喝茶。"津田催促道。

"这匹马很有气势，看它甩着尾巴，鬃毛直立的样子，应该是匹野马吧。"我没有喝茶，反而夸起了杯底的马。

"开什么玩笑，正说着老嬷嬷的事，突然话题一转又说到了野狗，现在又突然提到了马。你家的事后来怎么样了？"津田催促我说下去，也不在意我喝不喝茶了。

"那老嬷嬷说，那不是普通的犬吠，一定是附近有什么异常，让我多加小心。然而，虽说如此，却又不知该提防些什么，只好就顺其自然了。只是，吵得我有点受不了。"

"狗叫得那么大声吗？"

"狗还真没那么吵。首先，我睡得很沉，根本就不知道它们什么时候叫，叫得有多大声。可是，老嬷嬷总是在我醒着的时候啰唆个没完，挺烦人的。"

"原来如此。可是人家也不能趁你睡着的时候让你多加小心啊。"

"话说回来。我的未婚妻感冒了，正如老嬷嬷所说，似乎事情都赶到一起了。"

"不过，宇野小姐还在四谷，你不用担心。"

"可是那个迷信的老嬷嬷担心得很。按她所说的，我要是不搬家，宇野小姐就无法痊愈，一定要在这个月内搬到一个风水好的地方去。神神道道的，真让人发愁。"

"搬过去或许也不错。"

"别说傻话了，我前几天刚搬过来，成天搬来搬去会破产的。"

"可是，病人还好吗？"

"连你都开始胡言乱语了。是不是也被传通院的和尚蒙骗啦？可不要吓唬我呀！"

"我不是吓唬你，我只是关心你，不知你的未婚妻是否平安。"

"肯定没事的。只是有点咳嗽而已，可能是得了流感吧。"

"流感？"津田突然大叫起来。这次真是吓了我一跳，我不发一言，默默地盯着他。

"小心为好。"他低声说。与一开始的大声嚷嚷相反，这低沉的声音仿佛穿过耳底，传入了我的大脑。不知何故，这沙哑的嗓音简直如同细针没入身体般，直刺骨髓。就像在湛蓝的天空中突然出现了瞳孔大小的黑点，那斑点或消失，或融化，又或者像武库山的风暴一样席卷而来。这斑点的命运似乎取决于津田的解读。我不由自主地拿起相马烧的茶杯，将凉茶一饮而尽。

"不注意可不行。"津田又以同样的语气重复了一遍。瞳孔大小的斑点颜色越发深了，却又不至消失，也未融化。

"这也太不吉利了，吓我一跳。哈哈哈……"我故意大声笑了起来，但笑声却很勉强，连我自己都意识到了，于是笑声戛然而止。可是，不笑又觉得很不自然，便后悔刚才中途停了下来。

不知道津田听了我的笑有何感受。他再次开口的时候，仍然是那副语气："实话实说，前一段时间，我有个亲戚也得了流感。本以为不是什么大事，谁都没有在意。没想到在一周后开始转为肺炎，最后不到一个月就去世了。听医生说，最近流感的危害很大，很容易转为肺炎，必须多加小心简直是一场噩梦，真是可怜极了。"说着，他露出一副忧郁的神情。

"啊，真是飞来横祸啊！怎么会发展成肺炎呢？"我有点担心，想打听明白做个参考。

"什么为什么，没什么特别的原因——所以我说你也得注意。"

"你说得对。"我诚恳地答道，这四个字是我发自内心的想法。我盯着津田的双眼，他则冷着脸。

"算了，算了，越想越郁闷。二十二三岁就死了，真是太亏了。而且她的丈夫还去了战场——"

"哦，原来是位女士啊？那可太悲惨了，我是说那位军人。"

"嗯，她丈夫是一名陆军中尉，两人结婚还不到一年。我去参加了葬礼——那位夫人的母亲几乎是泣不成声——"

"谁遇到这样的事都会哭的。"

"葬礼那天正好下雪，是个天寒地冻的日子。和尚念完经，要下葬的时候，那位母亲蹲在墓穴边上一动不动，飞扬的雪花簌簌地落在她的头发上，我便在一旁为她撑伞。"

"真让人佩服，原来你这么温柔啊。"

"因为她实在太可怜了，我不落忍。"

"是啊。"我又瞧了瞧那匹法眼元信的马，觉得自己也受到了他的情绪感染，又蓦地想起那名女性逝者的丈夫，便问道："对了，她的丈夫是否安然无事？"

"她的丈夫是黑木军的，所幸貌似并未受伤。"

"他得知妻子逝世的消息，一定很受打击吧？"

"对了，关于这件事，还有个不可思议的故事。在日本发出的信寄到之前，她已经去了她丈夫那边。"

"去哪里？"

"去她丈夫那边。"

"为什么？"

"什么为什么，去见他啊。"

"她不是已经不在了吗，怎么去见丈夫啊？"

"就是死了才要去见他的。"

"真是胡说八道。就算是想念丈夫，这种事情怎么可能发生？简直是林屋正三的怪谈！"

"可她真的去了，没办法。"津田固执地坚持着自己愚蠢的主张，一点儿也不像个受过教育的人。

"什么没办法——说的就像你亲眼所见似的。太离奇了，你是认真的吗？"

"当然。"

"简直是骇人听闻。你现在讲话就像我家那个老嬷嬷一样。"

"无论是老嬷嬷还是老头子，事实不容改变。"津田的言辞越发激动了。看样子他并不是在戏弄我。他讲的那么认真，想必是有什么隐情吧。津田和我进入大学以后，虽然在不同专业，但高中时我们曾经是同班同学。那时，我在班里四十余名同学之中，成绩常常居于末位，而津田从没出过前三名。这样看来，他的头脑无疑领先我三十五六名。而这样的津田，现在却显得有点激动，看起来并非信口胡诌。我是法学学士，习惯于实事求是地看待当下的事件，并用常识来判断。与其说不考虑其他事情，倒不如说是不喜欢，尤其厌恶幽灵、报应、命运之类虚无缥缈的事物。而津田的思路却多少让我有点惶恐。既然这位令人惶恐的津田一本正经地谈论起幽灵，那么我也不得不转变对这一问题的态度。其实，在我看来，幽灵和流浪汉都已经在维新以后消失无踪了。可是，从津田方才的样子来看，貌似幽灵又悄无声息地复活了。刚才我问过他桌上是什么书，他说是有关幽灵的书。反正也没什么损失。对忙得不可开交的我来说，这也是个难得的机会。为了日后有所参考，我决心听听他怎么说。看来津田也想继续说下去。既然有人想说，也有人想听，那么谈话就不可能中断了，就像汉江流向西南是亘古不变的定律。

"我仔细打听过之后才知道，那位妻子在丈夫出征前发过誓。"

"什么誓？"

"她发誓万一在丈夫离家期间患病，也不会身死魂销。"

"欸？"

"灵魂一定会前往丈夫身边，见上最后一面。当她这么说的时候，她丈夫以军人磊落的性格笑言：'好吧，随时欢迎你，我会带你去看看战场。'说完就奔赴战场了。后来更是把这件事忘得一干二净了。"

"难免，我这种人就算不去战场，也会忘记这种事情的。"

"所以说，当男人出征之时，妻子帮他置办了许多行李，其中有一面可以随身携带的小镜子。"

"嚯，你打听得真详细。"

"哪有，我也是从后来的战地来信中了解的事情始末。她的丈夫始终把镜子揣在怀里。"

"嗯？"

"据说有天早上，他如往常一样自然而然地把镜子拿出来看了看。结果镜子里面映出的竟然不是往常那副胡子拉碴、蓬头垢面的脸孔——是不是很诡异？"

"怎么回事？"

"镜子里映出的竟然是他妻子憔悴的病容。这简直令人难以置信！任谁听了都觉得荒唐吧。其实，我在读到那封信之前也不信会发生这种事情。可是，对方写信的时间是在这边发出讣告的三周以前。那时，就算他想编瞎话也没有素材呀，而且他也没必要扯这种谎吧。身处生死无常的战场，不会有人编造这种小说似的胡言乱语，再把它寄回国内的。"

　　"当然没有。"我嘴上说着，心里还是半信半疑。然而虽说如此，还是觉得有点可怕，甚至恐惧。总之，此时我的感受和我这个法学学士的身份颇有些格格不入。

　　"不过，据说她并未说什么，只是默默地从镜子里凝视着丈夫。当时，丈夫的心中突然想起离别时妻子讲过的话。也难怪他写信的时候感觉肝肠寸断。"

　　"真是怪事啊。"连信里的句子都被引用了，还真由不得人不信，却又让人有种不安的感觉。此时，如果津田大吼一声，我一定会立刻跳起来。

　　"我查了一下，他妻子去世的时间和他照镜子的时间是同日同时同刻。"

　　"越来越不可思议了。"这时，我越发觉得诡异，"真有这种事吗？"慎重起见，我还是向津田问道。

"这本书上也有关于这种事情的记载。"津田拿起桌上的书，从容地说，"最近似乎被证明是可信的。"或许在法学学士不了解的情况下，心理学家们使幽灵学说再度兴盛了起来，而幽灵似乎也随之变得不可轻视了。对于超出自己能力范围的事物，自不可妄言。有关幽灵的话题，我这个法学学士只能盲从于津田这个文学学士了。

"隔着遥远的距离，或许一个人的脑细胞和另一个人的脑细胞产生了共鸣，发生了什么化学反应吧……"

"我是法学学士，所以对这种事不太了解。总而言之，这种事在理论上是可能的对吧？"像我这种头脑不灵光的人，与其去理解其中原理，还不如直接了解结论。

"嗯，就是那样。这本书里也有很多例子，其中布鲁厄姆勋爵所见到的幽灵就和刚才说的同属一种情况，相当有趣。你知道布鲁厄姆勋爵吗？"

"布鲁厄姆勋爵？他是谁？"

"英国文学家。"

"那难怪我不知道呢。不夸张地说，我只知道莎士比亚、弥尔顿等两三个文学家而已。"

津田似乎觉得和我这种人探讨学术问题是徒劳的，于是又回到了原来的话题："所以我才说宇野小姐应该多多注意健康才是。"

"嗯，我会提醒她的。不过，我可不敢发誓说万一发生什么事情我一定会来见你，应该没问题哈。"嘴上开着玩笑，心里却总有些不愉快。掏出表一看，快11点了。这可不得了。一想到家里的老嬷嬷又要为狗的远吠而头疼，我就恨不得立即回去。

津田君说："以后有机会我也去看望一下她。"

"我请你吃饭，欢迎你来做客哦。"说完，我就离开了津田在白山御殿町的住处。

两三天以后，彼岸樱竞相开放，一片春意盎然。似乎连樱花自己都感到有些为时尚早。前天，和煦的春风吹在我戴着帽子的头上，我还擦了擦额头渗出的汗滴和沾在脸上的尘土，现在想来简直像去年的事一样。昨天开始，天气陡然变冷了，今晚更是如此。也不是什么倒春寒的时节，我却竖起了外套领子，途经一所聋哑学校的门前，又漫不经心地穿越了一座植物园。这时，一阵钟声划破了寂静的夜空，掀起了起伏的音浪。可能已经11点了吧。也不知道时钟是什么人发明的。以前也没注意听过，但这会儿仔细一听却觉得很特别。一个声音就像被扯断了的年糕一样，发出连续的响声。声音断裂之后，变得尖细起来，随即衔接到下一个声音。那声音时而悠长，时而细小。我听着这忽长忽短的声音，若有所思地走着，感觉自己的心跳也随着悠扬的钟声而起伏着，甚至连呼吸也开始和钟声相呼应。今晚的我不像个法学学士。当我快步转过拐角处的警察岗亭时，冷风挟着大滴的雨点打在我的脸上。

极乐水是个阴森的地方。最近，道路两旁盖起了房屋，虽说没有以前那么荒凉了，但是多数屋子还是空着的，让人看起来很不舒服。穷人就是要工作的，不工作的穷人就永远摆脱不了贫穷的劣根性。我所经过的这条极乐水街道的居民们，个个消沉怠惰，或许他们早已死去了吧。淅淅沥沥的雨变得细密了。我没带伞，回到家可能会被浇个透湿。我一边咋舌，一边望了望天。雨滴从黑暗中倾斜而下，貌似一时半会儿不会停。

前方十米左右过来了一群身着白衣的人。我站在马路正中，伸长脖子瞧着他们。只见他们径直向我走来，又迅速从我的右侧掠过。擦身而过的瞬间，我看见一个橘子纸箱大小的东西，上面盖着白布，两个穿着黑衣服的男人用木棒一前一后扛着走了过去。可能是要去举办葬礼或者去火葬场吧。箱子里一定是个婴儿。黑衣男人们一言不发地抬着棺材从我身边走过。半夜抬棺材倒也合情合理，只见他们任劳任怨地、奋力地抬着棺材。我好奇地目送着那副棺材消失在黑暗中，回过头来，前方又传来人说话的声音。声音不高不低，在深夜的映衬下显得格外清晰。

"昨天刚出生，今天就夭折了。"一个人说道。"命啊，这都是命中注定！"另一个人回答。两个黑影又从我身边迅速掠过，转眼消失在黑暗中，只有快步追赶棺材的木屐声在雨中回荡。

"昨天刚出生，今天就夭折了。"这句话反复浮现在我脑海中。既然有昨天出生今天就夭折的人，那么也就有昨天生病今天去世的人。呼吸了 26 年人间空气的人，即便不生病，也完全有资格死去。那么，在 4 月 3 日夜里 11 点，像我这样来到极乐水街道的人，或许就在走向死亡。

我不想继续往上走，便站在半坡上观望。然而，就算站在那里，没准儿也是站在死亡的边缘，于是我继续往前走。直到现在我才发觉，原来死亡是如此能够触动人心。转念一想，无论站立还是行走，都会让人心生忧虑。这样的话，就算回到家钻进被窝里，仍然会为此忧虑。为何我以前从没在意过这些呢？

回想起来，在学校的时候，我只顾着考试和打棒球，根本没时间去考虑死亡。毕业后，我只顾着工作和微薄的薪水，还有唠叨的老嬷嬷，仍然没时间思考死亡。就算再漫不经心的人，也明白人是会死的。其实，我还是在今夜第一次对死亡有所体会。夜晚以巨大的黑暗从四面八方包围着我，无论我行走坐立，这黑暗似乎不吞噬我的形体便不罢休。

其实，我本来就是个不拘小节的人，没有什么野心，就算死了也没什么。可是，我却很厌恶死亡，无论如何也不想死。我这才发现，原来死亡是如此令人憎恶。雨越下越密，外套已经被雨淋透，用手一压，感觉就像吸饱了水的海绵一样湿漉漉的。

我穿过竹早町，来到了切支丹坂。我不知道这个地方为什么叫"切支丹坂"，只觉得这个坡道和它的名字一样诡异。上坡的时候，忽然想起前几天路过的时候，堤坝旁边斜对着马路的位置贴着一张布告，上面写着"日本最陡的坡道，惜命的人要当心"！初见这张布告的时候，我有些忍俊不禁。可是，今晚我却笑不出来。"惜命的人要当心！"这句话就像《圣经》里的格言一样浮现在我心头。坡道很暗，一不小心就会滑倒。我心中害怕，战战兢兢地从半坡处往下看，但实在太暗了，什么都看不清楚。从堤坝左边斜斜伸出一根楸树的树枝，遮蔽了山坡。让人在白天走下坡道的时候，心情也如同掉进谷底一样。我想试试在晚上能不能看清楸树，抬头一瞧，漆黑的树枝若隐若现，只有雨声回响在耳边。走过黑暗的山坡，沿着狭窄的小路往茗荷谷方向走七八条街，即将抵达我位于小日向台町的住处。可是这条路却让我感到毛骨悚然。

行至茗荷谷坡道的一半时，有灿然灯火映入我的眼帘。不知道是早已看见，还是抬头间的不期而遇，总之，透过雨帘历历可辨。我正想着那是不是宅院门口的瓦斯灯，可那灯火却在秋风中轻轻摇曳着，如同盂兰盆会的灯笼一般，并不是瓦斯灯。那它究竟为何物呢？我仔细一瞧，发现那火光如同波浪，穿透雨幕和黑暗，从高处洒下。当我终于看清楚那是灯笼的光亮时，那光却突然熄灭了。

看到那灯火之时，我蓦地想起了露子。露子是我未婚妻的名字，至于我的未婚妻和这光亮有何关联，或许连心理学家津田君也解释不了。不过，心理学家所解释不了的事情，就未必不能发生。那团鲜红明艳的、如同没有尽头的绳子一般的灯火，确实让我在顷刻间想起了自己未来的妻子。与此同时，火焰熄灭的瞬间又让我无情地联想到露子的死。我抹了抹额头的汗水和雨水，忘我地朝前走去。

下了坡之后，是一条狭长的山谷，顺着山谷走到尽头之后，又是一条转而向西、往上延伸的新的峡谷。这一带的土壤是东京高冈地带特有的红黏土，只要下点雨，地面就会泥泞不堪，感觉都要把木屐的齿给粘掉了。再加上天色昏暗，鞋跟深深地陷进泥里，步履维艰。我一路跋涉，拐过一个貌似枸杞篱笆的急转弯，眼前又突然出现了一团红色火焰。定睛一看，原来是一位巡警。巡警举着灯火贴近我的脸颊照了照，说了句："不好意思，请小心。"说罢，便与我擦身而过。仔细想来，巡警讲的这句"不好意思，请小心"与津田君所说的"多多注意"颇有类似之处，这顿时让我的心情沉重起来。那团火焰！那团火焰呀！我气喘吁吁地往家跑去。

我慌不择路，大步流星地飞奔回家，此时已经接近午夜 12 点了。老嬷嬷提着一盏昏暗的煤油灯从屋里跑了出来，脸色苍白的她边跑边喊："老爷！您怎么了？"

"老嬷嬷！怎么了？"我也大声问道。她害怕从我这里听说什么，而我也害怕从她那里听到点儿什么，于是我们两个人都互相询问对方"怎么了"，却并不回答对方的问题，只是面面相觑。

"水，您身上在淌水。"老嬷嬷提醒我。原来我的外套淋透了雨，雨水顺着外套下摆和礼帽的帽檐毫不留情地滴在榻榻米上。我抓住帽檐把帽子随手一丢，帽子白缎里子朝上地滚到了老嬷嬷的膝边。接着，我又脱下了灰色大衣，掂了掂扔在了一边，感觉比平时重多了。换好居家服之后，我打了个寒战，好不容易恢复了往常的状态。老嬷嬷见状又问道："您怎么了？"这一次，她显得镇定了许多。

"没怎么，只是淋了雨而已。"我尽量不表露出自己脆弱的一面。

"可是我看您的脸色貌似不太好。"正因为她特别笃信传通院的和尚，所以很会察言观色。

"我倒要问你刚才怎么回事？方才见你的牙齿都在打战。"

"老爷您怎么嘲讽我都没关系。可是，这可开不得玩笑呀。"

"怎么？"我不由得心头一紧，"怎么了？我不在家的时候出了什么事吗？四谷那边有没有传来病人的消息？"

"您看，您果然很担心露子小姐呢。"

"怎么讲？来信了吗？还是那边差人来了？"

"既没有书信，也没差人过来。"

"那就是发电报来了？"

"也没有收到电报。"

"到底怎么了，赶紧告诉我。"

"今晚的叫声有点不寻常。"

"什么？"

"您还问……从入夜时分，我就一直在担心您呢。这可非同小可啊。"

"到底怎么了？我不是让你快说嘛！"

"就是我前几天和您提到过的那只狗。"

"狗？"

"是的，就是那狗的叫声。若是您听我一句劝，就不会发生这种事了。可是您总是说我这个老嬷嬷迷信，未免也太瞧不起人了……"

"哪种事？这不没发生什么事吗？"

"不，并不像您说的那样。老爷，您在回来的路上也在担心露子小姐的病情吧？"老嬷嬷的话一针见血，仿佛黑暗中闪着寒光的利刃，狠狠地刺痛了我的心。

"自然是担心的。"

"您看，我早有预感。"

"嬷嬷，你说早有预感，是真的吗？你有过这种经历吗？"

"那倒未曾。不过，您可知老话讲的'乌鸦的叫声不吉利'吗？"

"原来如此，我确实听过这个说法。可是说狗叫不吉利的好像只有你一个人啊。"

"不是的，老爷。"老嬷嬷用轻蔑的语气否定了我的怀疑，"这都是一码事。我老嬷嬷从狗的远吠声就感到要出事。咱不论理，只讲事实。我说要出事，绝对错不了。"

"是吗？"

"不可不听老人言啊。"

"我知道，老人所言自是轻慢不得的。所以我并没有不听你的——话说狗叫声那么灵验吗？"

"您还在怀疑我这个老嬷嬷的话呢。算了，您还是明早去四谷瞧瞧吧，肯定是出事了。我老婆子敢保证。"

"我自是不希望出事的，可有什么法子可以破灾吗？"

"所以我才说让您早点儿去一趟四谷，可是您太犟了……"

"以后我多听听你的话。总之，明天我一早就去四谷看看情况。要不今晚就动身吧……"

"您要是今晚出了门，留我老嬷嬷自己可怎么看家呀？"

"为什么这么说？"

"您还问为什么，这么吓人，我可待不安生。"

"可你不一直担心四谷那边会出事吗？"

"我当然担心啊，可是我也害怕。"

这时，伴随着屋檐处的雨声，传来了某样东西在地上呻吟打滚的声音。

"啊，就是那个。"老嬷嬷眼神发直，小声嘀咕道。那声音确实恐怖，貌似今晚打算在此休息了。

我如常钻进被窝，心里却惦记着外面的动静，难以合眼。

一般来说，狗叫声都像是砍柴刀砍在木柴上发出的那种长且直的声音。可是，刚才听到的声音却不似那般简单随意。那声调不断变化着，时而曲折起伏，时而圆润柔和，就像是烛光始自烛芯，逐渐大放光明，最终因蜡油耗尽而渐次熄灭，让人不知道叫声从何处传来。它像是从百里之外乘风而来，在我耳边微微回响；又像来自房檐下，钻进我枕着枕头的耳中。呜呜作响的声音在房子四周阵阵盘旋，不知不觉间，又变成哇哇的叫声，被风吹远，最终尾音消逝在夜空中。那远吠声就像遭到无情的压抑一般，从明快变得阴郁；那声音又像被权势粗暴地摧残一般，由狂躁转为凄厉；那声音是如此的不自由，像是在压迫之下不得已而发出的声音，比起天然的阴郁和沉痛更令人生厌，更不堪入耳。我用被子蒙住耳朵，可是还是听得到，而且比不蒙被子听到的更加刺耳。没法子，我只好又从被窝里伸出头来。

不久，狗的远吠戛然而止。可是这半夜三更的，不可能有人去把狗赶跑。外面一片死寂，安静得仿佛房子沉入了海底。只有我心神不定，仿佛在万籁俱寂中期待着什么。但是究竟会发生什么事，我却没有任何预感，心中惊惧不已，只担心会不会有什么可疑人物现身于黑暗中，一直想着到底出现了没有、出现了没有。我把五根手指插进发间胡乱地挠着，已经一周没有洗澡了，手指头被头油弄得黏糊糊的。倘若这安静的局面发生了变化——貌似就要发生变化了。今夜天亮之前一定会有事发生。时间在等待中一秒秒流逝。别问我在等什么，连我自己都不知道在等什么，这令我更加痛苦。我把手从头上拿下来伸在眼前，百无聊赖地打量着。指甲缝里污垢斑斑，呈黑月牙形。与此同时，我的胃也罢工了，就像淋了雨的鹿皮又被晒干一样，又瘪又空。要是狗能接着叫唤就好了。虽然狗叫声招人厌烦，但起码知道只是厌烦的程度。这么安静的话，不知道暗中发生了何事，更不清楚事态会如何发展。因此，狗叫声尚可忍受。我翻了个身，仰面朝天地躺着，想着要是狗能接着叫就好了。天花板上，圆形的灯影绰约可见。仔细一看，那个圆形的影子好像在移动。我越想越奇怪，躺在床上只觉得脊背发凉，只能睁大眼睛，确认那影子是否在移动——那影子确实在动。不知道是平时就在移动而我此前没有发觉，还是只有今晚才开始晃动。如果只有今晚的话，事情就非同小可了。或许是我肚子不舒服的缘故吧，晚上下班回家的路上，我曾在池边的西餐馆吃了炸虾，指不定就是因为吃坏了肚子。乱吃东西，花了钱还遭着罪。不管怎么说，这种时候最重要的就是心平气和地睡一觉。于是，我强迫自己闭上了眼睛，眼前出现了五彩的光斑，就像洒下一片彩虹似的。我无奈之下睁眼，却又开始在意起灯影来，最后我决定侧身躺着，像个重病之人一样，静待天亮。

侧身之后，映入眼帘的是老嬷嬷精心叠好放在衣柜旁的秩父铭仙的和服。这让我想起前段时间去四谷的时候，我如往常一样在露子的枕边坐着闲聊，她发现我的袖口裂得露出了棉花，便强挺着起身为我缝补。她那时脸色不佳，笑声却与平日无异，连她自己也说感觉好多了，还说明天就能下床活动。而今，我眼前浮现出的露子的样子——并非刻意想象，而是自然而然地浮现出来的——头上敷着冰袋，长发被打湿了一半，呻吟着靠在枕头上。我越发觉得她患的是肺炎了。可若是肺炎的话，总该有些消息传来的。但现在既无信使，也无来信，可见病已经痊愈了。我这样想着，打算睡一觉。闭上眼睛，我的眼前清晰地浮现出露子苍白而瘦削的脸孔，以及那深陷于眼窝之中的玻璃球一样的双眼。貌似她的病情尚未好转。没有消息真是让人实难放心。也许就快有消息传来了吧，既然如此不如早点来，不知道会不会有消息。我在床上辗转反侧。时已 4 月，天气仍有凉意，我盖着两层被子，按理说应该热得难以入睡，但我的手脚和胸口却像血液停止了流动一般冰冷。用手摸了摸身上，满是油脂和汗水。冰冷的手指触碰到肌肤，就像青蛇爬过一般，引人不适。或许今晚就会有人来送信吧！

这时，有人把窗户敲得砰砰响，几乎要把窗户震碎。来了！我只觉心头鹿撞。外面那个人好像在说着什么，可是敲击声震耳欲聋，实在是听不清对方说什么。"嬷嬷，有人来了。"我话音刚落，便听老嬷嬷说道："老爷，有人来了。"于是我们一起来到门口，打开了窗户，看到巡警提着通红的煤油灯站在那里。

"刚才有什么事吗？"巡警一脸疑惑，连招呼都没打就突然问道。我和老嬷嬷面面相觑，不约而同地都没有回答。

"我刚才在这里巡逻的时候，发现有个黑影从你家走了出来……"

老嬷嬷闻言面如土色，刚想要说点儿什么，却呼吸急促得说不出话来。巡警看了看我，催促我赶紧回答。而我却只能像化石一样，茫然地站在原地。

"抱歉半夜前来打扰……不过最近这附近不太平，因此警方也加强了警戒。看到您家大门敞开着，好像有什么人出去了。慎重起见，这才特地过来提醒一二……"

我总算松了口气，如鲠在喉的感觉顿时消失了。

"感谢您的好意。不过我家并没有遭遇盗贼。"

"那就好。最近夜夜都能听见犬吠，怪令人心烦的。也不知道是什么贼人总在这附近徘徊。"

"您各位辛苦了。"我痛快地答道。看来狗叫是因为附近出了盗贼。说完，巡警就回去了。我打算天一亮便动身去四谷，故而一直等到早上 6 点的钟声响起都没有合过眼。

雨终于停了，路上泥泞难行，而我的高底木屐拿到铺子里修理之后忘了取回来，鞋子也因为昨晚的雨而无法再穿。我只好趿拉上一双萨摩木屐，全速赶到了四谷坂町。露子家的大门敞开着，而玄关处的房门依旧紧闭。我想着可能他们还没起床，便绕到了后门。只见那个叫阿清的总是红着脸的女仆，正在砧板上切着一根从米糠酱里取出来的腌萝卜。"早啊，都还好吗？"被我一问，阿清吓了一跳，拎着半截衣带"唉"了一声。然而这么一声"唉"可无济于事，我不由分说地直奔起居室。露子的母亲看起来刚刚起床，正仔仔细细地擦拭着鱼鳞木纹的长火盆。

"啊，靖雄来了！"她拿着抹布，有点惊讶。我听了这话心里更是没底了。

"怎么样了？情况不好吗？"我赶紧问道。

如果说夜里总有狗叫是因为出了盗贼，说不定露子的病情已经好转了，若是如此是最好了。我盯着露子母亲的脸，紧张地咽了口唾沫。

"是呀，不太好哈，昨儿个雨真大，您肯定很不便吧。"她好像有点误会我的意思了。看露子母亲的表情，似乎有点吃惊，但并非特别忧心。于是我这才踏实下来。

"路可真不好走啊。"我掏出手帕擦汗，还是不太放心，便问道："露子小姐……"

"她现在正在洗漱，昨天晚上去中央会堂参加了慈善音乐会，回来得有点晚，早上不小心睡过头了。"

"流感呢？"

"哦，谢谢，已经全都好了……"

"完全没事了吗？"

"嗯，感冒早就好了。"

闻言，我的心中好似有温暖的春风吹散了蒙蒙细雨一般，一片晴朗。有人曾写下"此乃日本第一佳心境"的字句，我当时就是如此。一扫昨夜心中的阴霾，如今我心中可谓豁然开朗。之前为何要那般杞人忧天呢？如今想来，真是愚蠢。既然愚蠢荒唐，所以哪怕是关系亲近之人，一大早就无缘无故地闯进别人家中，也难免让人感到莫名其妙。

"怎么来这么早？有什么事吗？"露子的母亲认真地问道。我不知该如何作答，本想扯个谎，但一时间又难以顺利自圆其说，只好应了一声："嗯。"

说完之后我就后悔了，还不如实话实说呢，但话已出口就没办法了，只能接着话茬往下说。"嗯"虽然只是个很简单的字，可是却很少使用，要想接下去，还真是要费一番心思。

"有什么急事吗？"她追问道。我想不出什么好借口，便又"嗯"了一声，然后朝着洗手间大喊道："露子！露子！"

"哎呀，我当是谁呢，这么早就来啦？怎么了，有事吗？"露子不明所以，又问了同样的问题，让我十分尴尬。

"听说有急事。"露子母亲替我答道。

"是吗？什么事？"露子天真地问道。

"嗯，我到这附近办点事。"我终于想到了一个说法，心想真是不容易。

"哦，不是找我呀。"露子的母亲有点纳闷。

"嗯。"

"已经办完事情了吗？真利落呀！"露子赞叹道。

"还没，我正要去呢。"被夸奖太过也不太好，于是我表现得比较谦逊。反正也没什么差别，我自己都觉得自己讲的话很傻。这时候尽早回去方为上策，待得越久越不妙。

我正要起身，露子的母亲忽又问道："你的脸色不太好，出什么事了吗？"

"怎么也不理理发？瞧你胡子拉碴的，像个病人似的，头上还沾了泥巴，肯定是拼命赶路来着。"

"我穿了双矮齿木屐，可能把泥巴甩到头上了。"我转过身给她们瞧。她们同声惊呼："哎呀！"

　　她们帮我晒干了外褂，又借给我一双木屐。我都没来得及和在里屋睡觉的露子父亲打个招呼就出门了。这是一个晴朗的星期日。虽说刚才有点尴尬，但昨夜的担心早已像火炉上的积雪一样消融了。眼前一片花红柳绿，令我心旷神怡。到了神乐坂，我走进了一间理发店。就算说我为了讨未婚妻欢心也无所谓，无论何事，我都愿意顺着她的心思去做。

　　"不留点儿板刷胡吗？"身着白衣的剃头师傅问道。露子只说让我也修修胡子，但没说是都剃光还是只剃腮帮上的胡子。我便独自决定留下鼻子下面那一撮。毕竟理发师也再三劝我留一点儿，而且就算留一点儿胡子也不会太起眼。

　　"源君，这世上的蠢人可真多啊。"他捏着我的下巴，反握着剃刀，往火盆那边瞥了一眼。

　　源君坐在火盆旁边，摆开一副日本象棋棋盘，手里提着一枚金棋子和一枚银棋子，不住地敲击着。"就是，什么幽灵、鬼魂，都是旧时怪谈罢了。如今都用上电灯了，怎么还有人讲这种混账话？"说着，他一记飞车压在了王将上。"喂，由公，你能不能像这样把十枚棋子摆在一起？

成功的话我出十钱请你吃安宅寿司！"

穿着单齿高木屐的小学徒一边叠着洗完的毛巾，一边笑着说道："我不要寿司。你要是能让我见见幽灵，我就揍给你看。"

"连由公都瞧不起幽灵，看来它们实在是不成气候啊。"剃头师傅从我的太阳穴附近，顺着鬓角就是一下。

"会不会太短了？"

"最近流行这种。鬓角太长的话看起来油头粉面的，多让人笑话。""什么嘛，大家未免有些神经质吧。人啊，要是心里害怕的话，自然就觉得到处有鬼。"他一边用拇指和食指拭去刀刃上的毛发，一边对源君说道。

"就是神经质。"源君吸着山樱牌香烟，边吞云吐雾，边表示赞同。

"神经质的不正是源君身边的人吗？"由公一边擦着煤油灯的灯罩，一边认真地问道。

"神经质吗？依我看啊，倒是你们呢。"源君含混地答道。

从方才就一直坐在挂着白色门帘的门口、独自翻阅着一本薄薄的旧书的松君，这时突然大笑出声："写得有趣！有趣！"

"是小说吗？我还以为是杂志呢。"听源君这么一问，松君看了看封面说："是啊，说不定真是呢。"只见标题写着"浮世心理讲义录，有耶无耶道人著"。

"名字够长的。不就是本杂志吗？镰君，这到底是本什么书啊？"源君问剃头师傅。

剃头师傅正拿着剃刀在我耳边转圈刮着，答道："是本莫名其妙、装神弄鬼的书呗。"

"别光顾着自己笑啊，读点儿给我听听。"源君对松君说道。于是松君朗声读道："都说狸猫会幻化成人，那么为什么它能迷惑呢？其实这都是催眠术……"

"果然是本有趣的书啊。"源君周身笼罩在烟雾中。

"有一次，我曾化身一棵楸树。有个名叫作藏的源兵卫村的年轻小伙，来我树下准备上吊……"

"是狸猫的自述吗？"

"貌似是的。"

"那就是假借狸猫口吻编造的书咯，真是拿人当傻瓜……然后呢？"

"那作藏竟把旧兜裆布挂到了我的胳膊上，真是臭不可当……"

"身为狸猫，还嫌别人臭呢。"

"作藏拿了只粪桶当踏板，就在他踩空的瞬间，我故意垂了垂胳膊。作藏没有死成，在那里不知所措。我看准时机迅速变了回来，哈哈大笑，笑声响彻整个源兵卫村。那作藏大吃一惊，大喊着：'救命啊！救命啊！'然后把兜裆布一扔，开始拼命逃跑……"

　　"有点意思。不过，狸猫要作藏的兜裆布干嘛呢？"

　　"大概是拿来包蛋蛋吧。"

　　大家哄堂大笑。我也差点笑了出来，剃头师傅见状连忙把剃刀拿开。

　　"太有趣了，接着念！"源君来了兴致。

　　"世人都道我在捉弄作藏，但其实并非如此。是那作藏君自己在源兵卫村到处说我愚弄于他。于是，我便略施小计，成全他罢了。狸猫一族所使用的伎俩，其实都是当今那些挂牌行医的大夫所用的催眠手法。自古以来，这种手段蒙骗过不少人。从西洋狸猫那里直接传过来的催眠术被称为催眠法，人们推崇能运用这种手段的人，完全是出于崇洋媚外的心理，真是让我等暗暗感叹。有不少日本本土的奇术流传至今，却动不动就被冠上西洋的名头大肆宣扬。我觉得如今的日本人实在是太贬低狸猫了，故在此代表全国的狸猫，呼吁各位反省一二。"

"这狸猫还挺会讲理呢。"源君说道。松君把书扣上，替狸猫辩护道："它说的倒也没错。无论是以前还是现在，只要人心志坚定，就不会被迷惑愚弄了。"如此看来，昨夜或许是狸猫作祟吧。我付了钱，走出了理发店。

待我回到台町的家中，已经是晚上 10 点左右了。门前停着一辆黑色轿车，有女子的笑声从狭窄的格子窗缝里传出来。我按了门铃，进屋刚要换鞋，便听到有人说："肯定是他回来了。"拉开隔扇门，便看到露子满面春风地来迎接我。

"你怎么来了？"

"嗯，你离开以后，我总觉得有点不对劲，就马上开车过来了。昨晚的事情我都听老嬷嬷说了。"她看着老嬷嬷大笑道。老嬷嬷也开心地笑了起来。露子那银铃般的笑声、老嬷嬷和我铜板一样的笑声融合在一处，好似世间春意尽收在这间七圆五十钱租来的房子里一般。即便是源兵卫村的狸猫，恐怕也发不出这么大的声音。

或许是我的心理作用，我感觉露子好像比以前更爱我了。再次见到津田君的时候，我把那晚的事情一五一十地讲给了他。津田君表示，这是一份很好的素材，他希望我能同意他把这个故事收录在他的著作中。在文学学士津田真方所著《幽灵论》第 72 页所写的 K 君的案例，讲的便是我的经历。

人油蜡烛

小酒井不木

风势从傍晚起渐渐增强，如饥饿的海兽一般，呼啸着掠过寺院的厨房和大殿的房檐。滂沱的大雨噼里啪啦地拍打着门窗。走廊的地板和柱子在风雨中呜咽般咯吱作响，整个房屋也是摇摇欲坠。

夏秋交际，暴风雨袭来时，屋里的空气闷热得几乎令人窒息。这种闷热让人心中焦躁更甚，也衬得暴风雨越发恐怖了。因此也就难怪今年刚 15 岁的小和尚法信被天花板上掉落的灰尘吓得胆战心惊，甚至缩到屋子角落里去了。

"法信！"

听到隔壁的老和尚唤他，法信吓了一跳，就像从噩梦中惊醒一般，眼神发直，良久没有作声。

"法信！"

老和尚又叫了他一遍。

"在，我在呢……"

"你去大殿那边例行巡视一下吧，辛苦了。"

法信闻言心里一惊，缩了缩身子。平时和老和尚相处得不错，可是现在他心里却觉得很不舒服——面对这么可怕的暴风雨，怎么能让他独自去检查门窗呢？

"那个……师父……"

他鼓起勇气说道。

"怎么？"

"可是今晚……"

"哈哈哈……"老和尚朗声笑了起来。

"你害怕吗？好吧，那我和你一起去吧，你跟我来。"

法信只好走进了老和尚的房间。

原本正在读书的老和尚不知何时已经准备就绪，他点亮了手持烛台的蜡烛，率先向大殿的方向走去。微弱的烛光照亮了他那年过五十的瘦削的脸庞，让人觉得像骷髅一样恐怖。

走进大殿以后，在摇曳的烛光的映照下，两个人的影子在天花板上跃动不已。室内空气浑浊不堪，让人感觉仿佛踏进了无底洞一般。法信甚至担心自己难以全身而退。

老和尚手中的烛火照亮了端坐大殿正中的真人大小的黑色如来佛像，一片庄严肃穆。老和尚在佛龛前念着经。只见金色的佛具映着摇曳的烛光，香炉、长明灯盘、烛台、花瓶、木刻金莲、佛坛、经桌和布施箱等金器，如同不知名的昆虫一般闪闪发光。在众多佛具之间，仿佛潜伏着某种可怕的怪物，比如，有巨型蝙蝠张开翅膀藏在某处。想到这里，法信的大腿肌肉不由自主地颤抖了起来。

老和尚再次迈步，似乎他也因为感受到了这种阴森的气氛而加快了步伐。检查了一圈门窗之后，脸色苍白的老和尚松了一口气。

然而，老和尚好像又想起了什么似的，回到了可怕的大殿。他刚想走到如来佛像面前，却在正下方的修行座上坐了下来，把手中的烛台放在一旁说道："法信，礼佛。"

法信依言跪倒在地，和老和尚一起念了一会儿经。不久，他抬起头来，只见如来佛那慈悲的面容越发柔和。在暴风雨中岿然不动的佛祖是如此崇高，可是，这却让法信陷入了梦幻般的恐怖世界。

"好可怕的风啊。"

老和尚的话让法信吃了一惊。

"法信哪，"老和尚顿了顿，转身向法信严肃地说道，

"今晚，我有件事情要在佛前向你忏悔。我想要向你坦白我所犯下的惊世骇俗的罪行。所幸现在外面风雨交加，不担心被其他人听见。你要凝神而听。"

老和尚目光灼灼，高声道："或许你以为我是个德高望重的和尚，但其实我是个不配端坐佛前、破戒无惭、畜生不如的恶人。"

"啊？"

法信听了这令人意想不到的话语，不由得惊呼出声，全身肌肉僵硬得如同化石，两眼紧紧盯着老和尚的脸。

"我呢，是个杀过人的大恶人。也难怪你这么惊讶，但在你来寺里之前受雇于此的良顺小和尚，就是我杀的。"

"不，这不是真的。师父，这不是真的。请您不要再说这么可怕的话了！"

"不，这是真的，不可在佛前妄语。虽说我声称良顺是病死的，但他其实是被我所杀的。这件事事出有因，虽然难以启齿，可是我无论如何要告诉你。"

"我当了四十年的和尚，这期间闻到过许多次火化尸体的味道。一开始我觉得不太舒服，但随着年龄的增长，却对这种气味难以自拔。后来，竟然一天闻不到人体脂肪燃烧的味道就感到烦躁不已、坐立难安。这虽然很荒唐，我却控制不住。烤鱼、烤牛肉的味道难以令我满足。这些气味根本无法和人肉燃烧时产生的气味相比。"

"你还记得我之前借给你的《雨月物语》里那个关于蓝头巾的故事吗？有个和尚爱上了一个男孩，在他死后伤心欲绝，吃尽了他的肉，后来食髓知味的他就去杀村子里的人。我也是这样沦为了人间恶魔，最终因此而杀了良顺。"

"我在良顺生病期间，趁机在暗中给他下毒，滴水不漏地杀害了他。谁都没有怀疑他是被我所杀，就这样为他举行了葬礼。可是，他在被火化之前，肉已经都被我割光了。当然，这件事压根无人知晓。"

"接着，你猜我把良顺的肉怎么着了？我也厌倦了频频杀人，所以想尽可能长时间地闻到人肉燃烧的气味。思来想去，我琢磨出一个绝妙的法子。没错，我打算把这些肉里的脂肪做成蜡烛。蜡烛的话，作为和尚，自然可以早晚在佛前点燃它闻气味了。而且做成蜡烛的话，也可以多享受一段时日。出于这种想法，我便偷偷制作了蜡烛，把良顺的脂肪溶解在普通的蜡中，制作出了许多我想要的蜡烛。"

"就这样，每天修行的时候，我都会点燃这种蜡烛，来满足我禽兽般的欲望。修行之余，我偶尔也会燃烛取乐。直到今天我都没有遭到报应，想想还真有点不安呢。"

"可是法信哪，我所制作的蜡烛毕竟数量有限。就算每天烧一根，一年下来也需要三百六十五根。眼看蜡烛越来越少，我开始焦躁不安。这两天，我有种难言的烦躁，必须得想想办法了。法信啊，我愁得几乎食不下咽。

"此时燃烧着的就是用良顺的人油所作的最后一根蜡烛。所以我从刚才开始就觉得烦闷不安。法信，我需要一个良顺的替代品。法信，我要杀了你！"

"喂，你在干吗？想逃也来不及了。这场暴风雨正是杀人的好机会。别哭，你就算哭喊也没人能听见。你就像被蛇盯上的青蛙一样。做好心理准备来满足我吧，就让我把你做成蜡烛，好好享受一番吧！"

法信被老和尚捉住手臂，出于极度的恐惧，连哭都哭不出，直接瘫软在地。可是，一想到此时已是生死关头，为了争取最后的生机，他不由得哀求道："师父，请您放过我吧！我不想死！求求您，放我一条生路吧！"

"呵呵……"

老和尚发出恶魔般的笑声。这时，暴风雨正加倍撼动着大殿。

"事到如今，就算你再苦苦哀求，我也不会放过你的。死心吧！"

说着，老和尚从腰间取出一样闪闪发光的东西。

"师父！求您行行好吧，别用那把刀杀我。放过我吧，我真的不想死！"

老和尚闻言放下了举起来的手臂。

"你就这么不想死吗？"

"是的。"法信双手合十，向老和尚一拜。

"那我就饶你一命吧。但你必须得听我的话，我让你做什么你就得做什么。"

"好的，让我做什么都行。"

"你确定？"

"我确定。"

"那好，你帮我杀人吧。"

"什么？"

"如果放过你，我就得杀别人。你得帮我。"

"这，这种可怕的事情吗？"

"你做不到吗？"

"可是……"

"那么你就等死吧。"

"啊，师父！"

"怎么？"

"我，我会做的。"

"会帮我是吗？"

"是，是的。"

"好，那么现在就可以动手了。"

"啊？"

"现在就去杀人。"

"在哪儿？"

"就在这里。"

"要杀谁呢？"

老和尚没有回答，只见他一脸杀气地指着如来佛像的方向。

"您让我杀如来佛祖吗？"

"不。佛像后面正藏着一个冒雨来偷布施的小偷。就用他代替你吧，过来。"

老和尚话毕起身，可还没等法信站起来，眼前就发生了一件怪事。

从如来佛像后面蹿出一个如大老鼠般的黑色怪物，把周围的东西碰得七零八落，一溜烟地逃走了。法信愣了几秒才反应过来那是个蒙面小偷。

"呀，师父！"

法信出人意料地忘记了恐惧，大喊一声就要追上去。老和尚却一把抓住了他的胳膊，用与刚才全然不同的柔和表情说道："算了，就让他逃吧。不过，法信，请你原谅。刚才我所说的蜡烛的故事完全是灵机一动编出来的。其实，之前我发现在佛像后面有什么东西动了一下，明白有小偷趁着暴风雨来偷东西。可是如果我不小心叫嚷起来的话，对方可能会铤而走险，因此只能用计把他赶走。要是被他用刀追杀，咱们二人可能都难活命。幸好小偷信以为真，逃走了。其实，这就是一支普通的蜡烛。良顺也确实是病逝的。我今晚本来在读《雨月物语》来着，刚才那个把你吓得够呛的故事，灵感就来自于这本书。"

说着，老和尚伸出右手拿着的闪闪发光的物品，继续说道："你所说的刀，其实是这把扇子。人在害怕的时候会看错东西。那个小偷肯定也以为这是把刀……"

门外依旧暴雨如注。

人心叵测

非人之恋

江户川乱步

一

您认识门野吧，就是我那位十年前逝世的先夫。时过境迁，如今就算再提起门野这个名字，仿佛也只是一个素昧平生之人，我甚至怀疑一切都是幻梦一场。我是怎么嫁入门野家的呢？自然不是在婚前就暗通款曲，我还没有那么不自重。媒人上门向我母亲提亲后，母亲来问我的意思，而我当时只是个未经世事的姑娘，也不知该如何应答，只得一边在榻榻米上画着圈圈，一边微微点了点头。

可是，一想到那个人将成为我的丈夫，我就有点忐忑。

因为我们那里是个小地方，对方又家世显赫。我见过他，但传闻中他貌似很难伺候，也难怪，毕竟他如此俊美无暇。并非是我炫耀，您可能也知道，门野的确是天下无双的美男子。或许是因为身体抱恙吧，他的英俊有种阴郁、苍白剔透之感，反而显得他风姿清冷，在俊逸之外，增添了超凡脱俗的气质。这样的美男子，想必还有其他美人为伴吧。即便没有，像我这样的丑女怎么才能得到他一生的宠爱呢？杞人忧天的我，开始在意起朋友、用人的闲谈来。

　　我收集着各种信息，并没发现什么令我担心的风流韵事，却发现此人极难相处。他算是个怪人吧，朋友寥寥，大多数时间闭门不出，最糟糕的是，我还听说他厌恶女人。倘若只是为了回避社交而故意流出此种传言倒也罢了，但他貌似真心讨厌女人。与我说亲也是父母之命，媒人上门提亲之前反而为了说服他费了不少工夫。当然，我也没听到什么确切消息，只不过是有人随口一提而已，或许是待嫁的我有些敏感和自以为是吧。在婚后遇到那种事之前，我还真以为这只不过是我的偏见。为了让自己心里好过些，我便事事往宽了想。现在想来，我那时多少有些自负吧。

　　想起彼时的小女儿心态，连我自己都觉得有点娇痴可爱。尽管心中有些惴惴不安，我仍去邻镇的绸缎庄研究衣物款式，然后回家自己动手缝制，还准备了各类行头和随身用品。其间，对方送来了丰厚的聘礼，朋友对我说了许多祝福和表示羡慕的言语，这些都让已经习惯于见面就遭人嘲笑的我高兴得有些难为情。家里洋溢着喜悦的气氛，让我这个 19 岁的女孩有点欣喜若狂。

无论他多么乖僻、多么难相处，我都为方才所说的他那玉树临风的翩翩风采而着迷。而且不是说这种性格的人更专情吗？和我在一起以后，想必会只爱护我一人，倾尽所有爱恋于我一身，好好珍爱于我吧。我还真是实心眼，竟然还那么想。

起初觉得婚期很遥远，我还曾屈指数算着日期，却不想时间一晃就过去了，日子越来越近，天真的幻想打消了对现实的恐惧。婚礼当日，接亲的队伍齐聚门前。并非我自夸，当时的场面在我所居住的城镇方圆十几里范围内都算得上排场阔绰。因此，当我乘车身处其中时，不难想象我那时的心情吧？真的差点晕了过去，就像待宰之羊一样。不仅是精神上的恐慌，连我的身体都在隐隐作痛，不知该如何形容……

二

　　稀里糊涂地，婚礼总算结束了。那一两天，我夜里都没怎么合眼，公公婆婆是怎样的人、用人有几名，与人相互见礼的情形……都没在我脑海中留下印象。到了归宁的时候，我边走边望着他的背影，仍分不清一切到底是梦境还是现实……请原谅我一直讲这些，一直都没讲到重点。

　　婚礼的各种琐事告一段落后，我发现情况并没有预想的那么严峻，门野并没有传闻中那么古怪，反而为人温柔敦厚，待我也是柔情蜜意。我这才松了口气，此前那种近乎痛苦的紧张感完全烟消云散了，想着人生原来可以如此幸福。而且，我的公公婆婆也慈祥和蔼，出嫁前母亲的殷切叮嘱完全没派上用场。此外，由于门野是独生子，所以我也没有小叔子，作为新媳妇一点儿也不用操心，这反而让我有点泄气。

　　至于门野的俊美容颜，不，不是我炫耀个没完，这也是故事的一部分嘛。一起生活之后，他自然不再是我远观的对象，而是我有生以来第一个，也是唯一的爱人。随着时间的流逝，我对他的爱意越发深了，在我眼中，他的出尘之姿绝世无双。我觉得他不仅仅是容貌英俊而已，爱情是多么不可思议啊。他的与众不同之处虽然不算怪异，但他那种莫名的忧郁，以及沉浸在某种思绪中不言不语的样子，反而让我觉得他就是方才我所说的那种忧郁美男子。这种难以言喻的魅力，深深折磨着 19 岁的我。

我的生活发生了翻天覆地的变化。倘若在父母身边成长的那 19 年是现实世界的话，婚后的那段时间（可惜只有半年而已）简直是生活在梦里，或者说是童话世界里一样。夸张点讲，简直就像浦岛太郎受到龙宫仙女青睐的龙宫世界一样。如今想来，当时的我真的如同浦岛太郎一样幸福。世人都说，嫁人后要辛苦过活，而我恰恰相反。倒不如说，在痛苦出现之前，可怕的破绽先出现了。

至于那半年的生活是如何度过的，除了快乐的回忆之外，许多细枝末节都已被我忘却，而且与这个故事也并无关系，我就不再赘述了。门野对我的疼爱，胜过世间所有爱妻子的丈夫。而我自然是心怀感恩，沉醉其中，毫不怀疑。可回头想来，门野的过度宠溺其实隐藏着可怕的深意。不过，我并不是说过分宠溺是破绽的根源，他只是真心实意地想要努力爱我罢了，而绝非存心欺哄。因此，他越是努力，我越是信以为真，由衷地依恋着他，全身心地依靠他。不过，他为什么要如此努力呢？我许久以后才发觉其中隐含着极为恐怖的原因。

三

当我察觉到有点"不对劲"的时候，已经是婚后半年了。如今回想起来，那时门野为了努力爱我想必已经竭尽全力，却不料有诱惑乘虚而入，将他奋力从我身边夺走。

男人的爱是怎样的？当时还是个小姑娘的我是茫然不解的。在很长一段时间内我都坚信，门野爱我的方式胜过世间任何男子。然而，即便是如此坚信的我，不久之后也开始逐渐地察觉到他的爱之中包含着虚伪的成分……他的爱意不过是形式上的，而他的内心仿佛在追逐着某种遥远的事物，让我感到莫名的冷漠和空虚。在他含情脉脉的目光背后，有一双冰冷的眼眸凝视着远方。就连在我耳边低诉爱意的声音，也让我觉得空洞又机械。可是，那时我万万没有想到，这段感情从一开始就全都是假的。我勉强揣测的话，必定是他的爱从我身上转移到了别人身上的征兆吧。

怀疑容易成为习惯，一旦出现苗头，就会像漫卷的积雨云一样以惊人的速度扩散。对方的一举一动，哪怕再微小的细节，都成为深深的疑云笼罩在我的心头。那时他那句话肯定隐含着这个意思。某天他不在，到底去哪儿了？曾发生过这样的事情，又有过那样的情况……一怀疑起来就没完没了了，好像脚下的地面骤然消失，露出一个巨大的黑洞，仿佛要把我吸进深不见底的地狱。

然而，纵使我有如此多的疑惑，却并未掌握确凿证据。门野很少不在家，而且去向也都基本清楚。我偷偷地翻过他的日记、信件甚至照片，想要寻找他心绪的蛛丝马迹，却一无所获。莫非只是我浅薄的女儿心态作祟，是我在疑神疑鬼、自寻烦恼？我曾经数次自我反省过，可是一旦怀疑在心里扎了根，就再也除不掉了。每当我看到他对我视若无睹，只茫然地盯着某处出神时，就觉得他肯定有什么事瞒着我，肯定有，绝对有。那会不会是这样呢。正如我之前所说，门野性格忧郁，思想自然也很消极，总是把自己关在房间里看书。他还说，在书房里会分心，所以总去屋后仓库的二楼。所幸那里有许多先祖传下来的古书。在光线昏暗的晚上，他会点起一盏传统的纸罩蜡灯，独自阅读，这是他从年轻时就养成的爱好之一。可是，在我嫁过来之后的半年内左右，他就像遗忘了这个爱好一样，不曾踏足过仓库。而这段时间，他又频频去往该处。这意味着什么呢？我突然介意起来。

四

在仓库二楼看书虽然有点奇特，但也无可厚非，没什么可疑之处。起初我还这么认为，可是转念一想，我已经尽可能地留心监视门野的一举一动了，也调查了他的私人物品，却并没有发现任何疑点。然而，他那空壳般的爱情、空洞的眼神，甚至有时会忘记我的存在的样子，都让我感到不安。现在除了仓库二楼以外，已经没有任何线索了。奇怪的是，他总是在深夜前往仓库，而且有时候还会观察旁边的我是否已经睡熟，然后再偷偷钻出被窝。我原本以为他是去上厕所，却没想到他很久都没有回来。我到走廊上一瞧，只见有光从仓库的窗户里隐约透出。这时常给我一种挫败感。刚嫁过来的时候，我曾去仓库转过一圈，后来只有在换季的时候才去一两次。就算门野窝在那里不出来，我也没想到那里会有什么让他疏远我的理由。所以，我从未跟踪过他，也只有仓库的二楼始终不在我的监视范围内。可事到如今，连这些我都要用怀疑的眼光来看待了。

我是在仲春时节嫁进来的，而开始对丈夫产生疑心则恰逢中秋。我至今仍记得那一幕，门野面对走廊蹲着，沐浴着月光，陷入长久的沉思。望着他的背影，我的心感到一种莫名的触动，这成为了我起疑的契机。后来，我的疑心越来越重，最后终于在秋末的时候跟着门野进入了仓库。

我们之间真是缘分浅薄啊！我丈夫那让我狂喜的深情（如前所述，那绝非真爱）仅仅过了半年就消失殆尽。我如同打开玉匣的浦岛太郎一样，从人生初体验的令人心醉神秘的梦中醒来，才发现充满恐怖的猜疑和嫉妒的无边地狱正向我敞开。

但其实我一开始并不清楚仓库里有什么可疑之处，只是苦于内心的猜疑，才想着去偷窥一下丈夫独处时的样子，以拨开心头迷雾。我一边祈祷着能看到让我安心的场景，一边又为自己这种小偷一样的行径而感到不安。可是，事到如今，已经决定了的事情若是要中止的话实属遗憾。一天晚上，我身披一件夹衣，只觉得凉意浸人。而此前在院中鸣叫的秋虫们，不知何时也已经销声匿迹了。夜里，我穿着木屐走在通往仓库的小路上，举目望天，看到星辰虽然璀璨，却感觉离我非常遥远，这可真是个寂寥的晚上啊。我终于潜入了仓库，准备去偷窥一下应该在二楼的丈夫。

主屋里的公婆和用人们早已入睡。这是位于乡下的一处大宅，才晚上 10 时许就寂静无声了。我要到仓库去，就得穿过一片漆黑的树丛，可怕极了。那条路即便在晴天也很潮湿，树丛中还住着大只的癞蛤蟆，发出令人厌恶的呱呱的叫声。好不容易坚持着到了仓库，结果那里也是同样一片漆黑，淡淡的樟脑味夹杂着一种仓库特有的冰凉霉味，瞬间笼罩我全身。若不是心中燃烧着嫉妒之火，一个 19 岁的小姑娘又怎会做出这种举动呢？真是没有比爱情更恐怖的东西了。

我在黑暗中摸索着走近了通往二楼的楼梯，悄悄往上看了一眼，发现楼梯顶端的盖板紧闭，怪不得一片黑暗。我屏住呼吸，小心翼翼地拾级而上，试着轻轻地推了推盖板，却不想门野谨慎地从里面上了锁，我压根打不开。如果只是读书的话，又何必锁门呢？就连这等微不足道的小事都成了我疑心的来由。

我该怎么办？敲门让他开门吗？不，三更半夜的，要是那样做了，他可能会看穿我这不体面的心思，更加疏远我。可这种悬而不决的状态要是再继续下去的话，我实在是受不了。好在这个仓库离主屋较远，干脆下定决心把这里打开，今夜就把平日里的那些猜疑与丈夫挑明，问清楚他到底是怎么想的。我正站在盖板下徘徊不定时，可怕的事情发生了。

五

那晚，我为什么要去仓库呢？按理说，半夜的仓库二楼不会发生任何事情。然而，出于愚蠢的疑神疑鬼，我还是去了。这无法用道理来解释，可能是第六感吧，抑或是俗称的"预感"？在这个世上，时常会发生无法用常识判断的意外情况。那时，我听到仓库二楼传来窃窃私语的声音，而且是男女二人的对话。男声自然是门野，可那个女人究竟是谁？

简直令我难以置信，我的怀疑竟然变成了显而易见的事实。少不更事的我恍然大悟，比起愤怒，更多的是恐惧，恐惧之余又感到悲痛欲绝，忍着想要号啕大哭的冲动，身体像疟疾发作一样抖个不停。可尽管如此，我还是忍不住要偷听上面传出的说话声。

"再继续幽会下去的话，我真的对不起你的太太啊。"女人轻言细语道。由于声音太低，几乎让人听不清。听不清的地方我只能用联想来补充，总算搞明白了大致意思。听声音她应该比我年长三四岁，但没有我这么胖，应该很苗条，就像泉镜花小说中的出场人物一样美得动人心魄。

"我也感觉对不住她。"门野道，"就像我总说的那样，我真的已经不遗余力地去尝试爱京子了，但我真的做不到。无论我多么想回心转意，我都放不下从年轻时就开始交往的你。我实在对不起京子，纵使心中有无限歉意，却还是忍不住每晚都来见你。请体谅我的惆怅之心吧！"

门野的声音很清晰，那抑扬顿挫的语气，仿佛在说台词一样，深深地刺痛了我的心。

"我很开心。您这样俊美绝伦的人，竟然把贤妻丢在一旁，却对我日思夜想。我是多么幸运啊，真的很快活。"

之后，我变得极其敏锐的耳朵便听见了女人靠在门野膝上的声音。

请想象一下我当时的心情吧。要是在如今这个年纪，我早就毫无顾忌地破门而入了，非要到这二人面前把满心怨怼一吐为快不可。然而，当时的我还只是个小姑娘，根本没有那种勇气。我只能死死地按住衣袖，强忍住涌上心头的哀恸，不知所措到连走都走不了，心中痛不欲生。

过了一会儿，我回过神来，耳边传来一阵走在地板上的脚步声。有人向盖板走过来了。要是在这里碰面，彼此都会很难堪。我急忙走下楼梯，来到仓库外面，悄悄藏身于黑暗之中，瞪大了充满怨恨的眼睛，想要看清楚那个女人的长相。"咔嗒"一声，盖板被掀开了，四周骤然被照亮，单手提着纸罩蜡灯蹑手蹑脚地走下楼的人，正是我的丈夫。我正怒不可遏地等着狐狸精出现，门野却锁上了仓库的大门，经过我的藏身之处离开了。院子里的木屐声渐渐远去，可那女人还是没有要下楼的意思。

仓库只有一个出口，虽然有窗户，但也都用铁丝网封住了，所以应该没有其他出口。可是，等了许久，还是等不到开门，实在是不可思议。首先，门野不可能抛下这么重要的女人独自离去。莫非他们私通已久，早就在仓库的某处挖了密道？如此想来，我眼前便浮现出一个为爱痴狂的女子，为了与男人约会，忘却恐惧，在漆黑的洞穴中窸窸窣窣地匍匐前进的样子。此时我觉得身处黑暗也没有那么可怕了。后来，我担心丈夫因见不到我而起疑，当晚只好暂且罢手，回了主屋。

六

从那以后，我不知道在夜里潜入仓库多少次。在那里，我偷听着他们之间的种种温言软语，只觉心如刀割。每次我都绞尽脑汁地想要见到那个女人，但和第一天晚上一样，从仓库出来的只有我丈夫门野，根本看不到那女人的身影。我曾一度准备了火柴，看着丈夫离去后，我悄悄地爬上仓库的二楼，借着火柴的光亮在附近搜寻。可是，明明没有时间躲藏，女人的身影却已经消失得无影无踪。还有一次，我趁丈夫不备，在白天潜入了仓库，寻遍每一个角落，确认是否有密道，或者有窗户的铁丝网损坏。结果细细检查之后，发现仓库里连一个能让老鼠逃跑的缝隙都没有。

真是不可思议啊。确认情况以后，比起悲伤和不甘，我更是感到一种难以言喻的毛骨悚然。第二天晚上，也不知她又是从哪里偷偷进去的，如往常一样与我的丈夫一遍又一遍地讲着甜言蜜语，之后又像幽灵一样，神不知鬼不觉地消失了。莫非有什么妖邪之物缠上了门野？他生来郁郁寡欢，总让人觉得有点与众不同，会让人联想到蛇（所以我才如此迷恋他吧），莫非他是因此而容易受鬼怪之流的诱惑？如此想来，我看门野都像妖物，心中有种难言的怪异感觉。要不然干脆回到娘家，把事情一五一十地讲出来？或者把这件事告诉门野的父母？我实在太过恐慌，纵然好几次都下定了决心，却难以把这种天方夜谭轻率讲出，生怕招致嘲笑，让自己颜面尽失。我勉强压抑住自己，一天天地拖延着。仔细想想，从那时起，我就已经是个争强好胜的人了。

有一天晚上，我注意到一件很怪异的事。门野和她在仓库二楼私会后下楼的时候，总会发出"啪"的一声，声音很轻，像是盖上盖子的声音。接着，又会传来上锁的"咔嗒"声。我细细斟酌，这个声音虽然很微弱，但每晚都会听到。而在仓库的二楼，能发出这种声音的，也就那几个并排放着的长方形衣箱。难道说那个女人藏在长衣箱里？可是，人活着就必须得吃饭，再说，人也无法长时间待在不透气的箱子里。可是，不知为何，在我看来这已经是毋庸置疑的事实了。

一旦意识到这点，我就再也按捺不住了。我一定要把长衣箱的钥匙偷出来，打开箱盖，不亲眼看看那个贱人的嘴脸，决不罢休。到了关键时刻，就算是连咬带抓，我也不会输给她的。我就像已经确定了那个女人藏身箱中似的，咬牙切齿地等着天亮。

我竟然顺利地从门野的文卷匣中偷出了钥匙。虽说当时我已经怒不可遏，但这对于一个 19 岁的小姑娘来说，依然是一件令人不堪重负的大事。在那之前，我一直夜不能寐，想必是脸色发青、身材清减吧。幸好我们住在离公婆较远的房间里，而我丈夫门野又一心沉浸在自己的事情中，我这才得以安然度过这半个月的时间。我拿着钥匙偷偷进入即使在白天也光线昏暗、散发着冰冷的泥土味道的仓库时，那种心情该怎么形容呢？现在回想起来，真的是不可思议。

可是，在偷钥匙之前，或者是在爬上仓库二楼的时候，心乱如麻的我突然产生了一个滑稽的猜测。虽说是无关紧要，但还是顺带说一下吧。有没有可能这些天我所听到的声音都是门野在唱独角戏？就像单口相声那样，可能是他为了写小说或者演戏，才在这人迹罕至的仓库二楼偷偷练习台词呢？没准儿长方形衣箱里压根没有什么女人，只是藏着戏服而已。我萌生了许多荒唐的猜测。呵呵，我已经被情绪冲昏了头，以至于意识混乱了，这才突然浮现出这么多对我有利的妄想。为什么这么说呢？想想那些情话的内容吧，世上哪会有人故意用那种荒唐造作的声音讲话呢？

七

门野家是镇上有名的大家族，仓库的二楼陈列着祖先传下来的各色古董，像个古玩店一样。三面墙边成排地摆放着我方才所提到的那种朱漆长方形衣箱，另一边的角落里放着五六个老式的长书箱，上面堆着书箱里装不下的黄色封面和蓝色封面的书籍，裸露着被虫蛀过的书脊，上面满是灰尘。架子上放着陈旧的字画箱、刻着家纹的大行李箱、藤条箱、老式陶瓷器，等等。其中，最引人注目的是像大木碗一样的漆器和漆盆，据说是用来染黑牙齿的器具。尽管它们在经过岁月的洗礼之后已经发红，但每件器物上的金徽都是泥金图案。最让人感到毛骨悚然的是那两件装饰楼梯口的栩栩如生的甲胄，一副为黑线缝缀的黑丝绒，另一副不知道是不是叫绯绒，色泽黝黑，丝线已经多处断裂，想必它在过去也曾艳如烈火、威武非凡吧。甲胄端端正正地戴着头盔，可怕的铁皮面具覆盖了鼻子以下的位置。即便在白天，这间仓库也很昏暗，倘若一直盯着这两副甲胄，就会感觉它们的护肘、护腿好像马上就要动起来似的，似乎随时会起身拿起悬在头顶的长枪，吓得我想大叫着落荒而逃。

秋日淡淡的阳光透过小窗的铁丝网照进室内，但因为窗户太小，仓库的角落就像夜晚一样昏暗，只有泥金绘和金属像魑魅魍魉的眼睛一样，发出诡异而黯淡的微光，不由得令我产生有关妖邪的胡思乱想，我一个女子怎能承受得住呢？我好不容易才忍住那份恐惧，不顾一切地打开了长衣箱，果然，爱情的力量是强大的。

我虽暗自想着不会有鬼怪之事，但心中难免有些惶恐，当我一一掀开长衣箱的盖子时，身上冷汗涔涔，几乎屏住了呼吸。掀开箱盖之后，简直就像偷看棺材一样，鼓起勇气猛地把头伸进去一看，正如我所料——或者说与我所料正相反，里面全都是旧衣服、被褥和文卷匣，没有任何可疑物品。可是，每次都会听到的盖盖子的声音和落锁的声音到底意味着什么呢？满心疑惑之际，我发现最后面几个长衣箱内叠放着几个白木盒，上面用雅致的字体写着"女儿节人偶""奏乐五童子""侍酒三宫女"，是放置女儿节人偶的盒子。我确定没有可疑人物之后，多少宽了些心，这时，出于女人特有的好奇心，我突然想打开这些盒子瞧瞧。

我将它们一一取出，这是公主，这是左侧的樱花，这是右侧的橘树，看着看着，浓浓的樟脑香引发了我恋旧的情绪，旧人偶的皮肤纹理让我不知不觉地神游梦之国度。我就这样在女儿节人偶中沉浸了一时半霎，回过神来之后，发现长衣箱的另一侧放着一个三尺多长的长方形白木箱，看起来颇为贵重，上面写着"拜领"二字。我把它轻轻搬出，打开盖子，正想看看里面有什么东西，却瞬间震惊到不由得别过脸去。在那一瞬间，我豁然开朗，数日以来的疑心涣然冰释。

八

如果我说，让我如此大惊失色的不过是一具人偶，您一定会笑话我吧。可您有所不知，以前的人偶都是大师呕心沥血制作的艺术品。您是否曾在博物馆的某个角落与一具古老的人偶不期而遇，并且为它栩栩如生的姿态而感到莫名的战栗？当它是女性人偶或儿童人偶的时候，您是否曾被其超世绝伦的魅力所折服？您可知道，作为礼物的人偶，却有其不可思议的可怕之处。又或者，您可曾耳闻，从前男色盛行之时，曾有好色之徒制作情人的人偶供自己日夜爱抚的旧闻？不，不用提那么久远的事情，倘若您听过有关净琉璃人偶的怪谈，或者近代名人安本龟八的人偶，就一定能理解我当时看到这个人偶时的心情。

后来，我偷偷问了门野的父亲，才知道我在长衣箱里所看到的人偶是主公御赐的礼物，由安政时代的著名人偶师立木所作，俗称"京都人偶"，但实际上并非市面上流行的人偶。那具人偶身长三尺有余，身量有如10岁左右的孩童，手脚制作完备，头梳复古的岛田髻，身着古法染制的大花纹和服。后来我才听说，这是立木的作品风格。尽管是过去的作品，但这个女孩人偶却有一张非常现代的脸。饱满的红唇似乎在渴求着什么，唇边是丰满的脸颊，双眼皮的眸子睁得又大又圆，脉脉含情，浓眉弯弯，夺魂摄魄。最不可思议的是，人偶的耳垂就像是用纯白的纺绸包着的红棉一般，微微泛红，有种奇妙的魅力。那张艳丽而充满情欲的脸，由于时间久远，已经微微褪色，五官除了嘴唇以外都有些苍白，不知道是不是因为有点包浆的缘故，光滑的皮肤看起来有点香汗淋漓的感觉，更添了一丝娇艳。

当我在阴暗的、充满樟脑味的仓库里发现这具人偶时，她丰满的胸脯仿佛在呼吸一般，嘴唇也好像马上就要张开一样，栩栩如生的样子让我禁不住打了个寒战。

怎么会这样？我的丈夫竟然爱上了一个没有生命的冰冷人偶。然而，在领略了这具人偶那神奇的魅力之后，就不再需要任何多余的解释了。我丈夫那孤僻的性格、仓库里的呢喃爱语、盖上长衣箱盖子的声音、从未露面的女人，综合各方面线索看来，我丈夫的情人就是这具人偶。

后来，我经过多方打听之后，推测门野可能天生有种爱幻想的特殊癖好，在爱上人类女子之前，偶然发现了长衣箱中的人偶，之后就被人偶的强烈魅力迷了魂。他从一开始就没在仓库里看过书。我听说，自古以来发生过不少人类爱上人偶或雕像的事情，不幸的是，我丈夫就是这样的人，更不幸的是，他的家中保存着一具堪称稀世名作的人偶。

这非人之恋，超脱世外。身处这等恋爱中的人，一方面能体会到常人无法体会的如噩梦般、童话般的奇妙欢乐；另一方面，却又不断受到罪恶感的折磨，无论如何都想逃离这种地狱。门野之所以娶我，又竭尽全力地试图爱我，不正是这种忧烦苦闷的表现吗？如此想来，我便能理解那句"对不起京子"的意思了。丈夫用女人声线扮演人偶的角色看来是不容置疑的了。唉，我怎么如此福薄命苦啊！

九

而我所谓的忏悔，其实与后来发生的可怕事件有关。絮絮叨叨地说了这么多无聊话，竟然还有下文，您一定很厌烦吧，不过请您放宽心，我很快就能把重点讲明白。

　　您不要过于讶异，我所说的可怕事件就是，我犯了杀人的重罪。那么，如我这般罪大恶极的人，为何能不受刑罚，安稳度日呢？那是因为我没有直接杀人，而是间接导致人死亡。即便我当时坦白了一切，也不会被判刑。可话虽如此，即使我没有法律意义上的过错，但我的确是导致他人死亡的凶手。只是，我当时被一时的恐惧冲昏了头脑，始终没有坦白这件事，内心负疚不已，从那之后直到今天没睡过一个安稳觉。我如今的忏悔，姑且算是对亡夫的赎罪吧。

　　不过，或许当时的我被爱情蒙蔽了双眼。我发现情敌竟然不是活生生的人，纵然是名作，也只是一具冰冷的人偶，可我的丈夫竟然对这种毫无生趣的泥人青睐有加，真是让我不甘心。而比起这种不甘心，我更觉得有违伦理的丈夫肤浅无比。倘若没有那人偶，事情或许不会发展成这样，到最后我甚至憎恨起那位名叫立木的人偶师来。对了，要是我把那个人偶妖冶的脸庞敲烂，再扯断她的手脚，门野应该就不会再喜爱她了吧。想到这里，我便下定了决心。慎重起见，我当晚再次确认了丈夫私会人偶的情况。翌日清晨，我跑上仓库的二楼，把人偶破坏得面目全非，然后把她扔在那儿，想要观察丈夫的反应，以便证实我的猜测是否有误。

然后，我看着地上身首异处的人偶，见她手脚支离破碎、如同被轧死的人一样，早已变成了不同于昨日的丑陋残骸，这才长舒了一口气。

十

那天夜里，一无所知的门野再次窥伺一番以确认我已经入睡，点上纸罩蜡灯，消失在走廊外的黑暗中。不必多说，自是急着去与人偶幽会了。我佯装熟睡，悄悄地目送着他的背影，心情复杂，固然有些痛快，但又有些莫名的酸楚。

发现人偶残骸的时候，他会有什么反应呢？是以这种畸形之恋为耻，偷偷打扫现场，装作若无其事呢？还是要找出元凶，叱骂一通呢？要是打我骂我也好，若是那样，我该多欢喜啊。因为如果门野生气的话，就说明他并不爱那具人偶。我心不在焉地侧耳倾听着仓库那边的动静。

也不知道等了多久，无论怎么等，丈夫都没有回来。既然他看到了坏掉的人偶，那在仓库里应该就没什么事了，已经过了平时回房的时间了，怎么还不见人影呢？莫非对方真的不是人偶，而是活生生的人吗？思及此，我心中惴惴不安，忍不住从床上爬了起来，备了另一盏灯，穿过黑暗的树丛跑向仓库。

我登上仓库的楼梯，略一打量，竟发现那扇铁门正一反常态地开着，上面的纸罩蜡灯还亮着，红褐色的灯光朦朦胧胧地照亮了楼梯下方。我心头涌上一股不祥的预感，一跃而起奔上了楼，一边大声唤着"老爷"，一边举灯四照。我那不祥的预感成真了——我丈夫的尸体和人偶的残骸重叠在一起，地板上血流成河，家传的宝刀染满鲜血，落在一旁。人类与人偶的殉情，非但不滑稽，还有种莫名的肃穆之感，一下就揪住了我的心，让我哑然无泪，只能茫然地站在原地。

仔细一看，被我砸得只余一半的人偶唇边挂着一丝血迹，就像吐血了一样，一滴滴地落在我丈夫搂着她脖颈的手臂上，脸上则浮现出临死时的诡异笑容。

路上

谷崎润一郎

12 月某天傍晚五点左右，东京 T·M 股份有限公司的职员、法学学士汤河胜太郎正沿着金杉桥的电车轨道往新桥方向悠闲地走着。

"打扰一下，请问您是汤河先生吗？"

汤河回头一瞧，见到一位素未谋面、风度翩翩的绅士正一边殷勤地摘下礼帽向他致意一边走了过来。

"是的，在下就是汤河……"汤河眨巴着一双小眼睛，露出一副老好人的局促样，就像面对着公司里的董事一样，战战兢兢地答道。

因为这位绅士的气质和公司里的董事十分相似，让人在看到他的那一瞬间，就立即打消了"在大街上随意搭讪的无礼之徒"这种印象。这可真是在不知不觉中暴露了月薪族的本性。这位绅士身着一件带有蓬松如西班牙犬毛般的海獭毛领黑呢外套（外套里面应该穿着晨礼服）、条纹裤，拄着一根象牙柄的手杖，是个肤色白皙、40岁左右、体形微胖的男人。

"在下知道在路上突然叫住您很失礼。这是在下的名片，还有一封您的朋友渡边法学学士写的介绍信。刚才在下去了您的公司，想要拜访您。"

说着，绅士递给汤河两张名片。汤河接过来，借着路灯细看。其中一张正是他的好友渡边的名片，上面是渡边写的留言："向你介绍我的朋友安藤一郎，他是我相识多年的同乡。出于某样缘由，他想调查一下你们公司某位职员的身份。见面后请多关照。"另一张名片写着："私家侦探安藤一郎 事务所 日本桥区蛎壳町三丁目四号 电话7285070"的字样。

"那么，您就是安藤先生吧？"

汤河站在原地，重新打量了对方一番。私家侦探这个职业在日本很少见，虽知在东京有五六家侦探事务所，但今天还是第一次见到。汤河觉得，比起西方的私家侦探，日本私家侦探的风采似乎更胜一筹。汤河喜欢看电影，所以经常在影片中看到西方的侦探形象。

"正是在下。有关名片上所写事宜，因为听说您在贵公司人事科工作，故曾前去拜访，希望能和您见一面。百忙之中多有打扰，实在抱歉，能请您抽一点儿时间吗？"

绅士单刀直入地说道。声音铿锵有力，很有职业风格。

"没关系，我不忙，什么时候都可以……"汤河一听对方是侦探，就把"在下"换成了"我"。"我定会知无不言。不过，您很急吗？不急的话，可否明天再见？其实今天也无妨，只是像这样站在大街上谈话有点奇怪……"

"您说得对。不过，贵公司明天就要放假了吧，而且也不是什么非要去您府上叨扰的大事。要不然麻烦您和在下在这附近边散步边谈如何？况且您还挺喜欢散步的吧？哈哈哈。"

说着，绅士轻轻一笑，笑声是那种官僚政客式的豪爽的笑。

汤河露出了明显为难的神情。因为他的口袋里正揣着公司刚发的工资和年终奖。这笔钱对他来说可不是个小数目，所以他今晚一直暗暗开心着。遇见这个绅士之前，他边走边盘算着，去银座之类的地方把妻子一直想要的手套和披肩买下来，就买那件沉甸甸的皮草披肩吧，很衬她那时髦的长相，然后早点儿回家，哄她开心。汤河觉得，这个名叫安藤的陌生人打破了自己愉快的想象，让今晚这来之不易的幸福感出现了裂痕。不仅如此，既然他知道我喜欢散步，还从公司追过来，真是让人反感。而且，他怎么知道我长什么样呢？想到这里，汤河觉得很不开心，而且他肚子也饿了。

"可以吗？不会耽误您太多时间的，能请您和在下谈谈吗？在下想和您打听有关某个职员的事情。在路上走着说，反而比在公司见面方便些。"

"是吗？那我们往那边走吧。"

汤河只好和绅士一同向着新桥那边并肩而行。绅士说的也有道理。而且他也意识到，若是明天他拿着侦探的名片到家里来的话，还是挺麻烦的。

刚走几步，那位绅士——侦探就从口袋里掏出雪茄抽了起来。可是，走了一百多米，他还是只顾着抽雪茄。汤河自然感觉有点被人耍了，开始烦躁不安。

"您到底有什么事情呢？您要打听哪位职员的身份？如果我知道的话，一定告诉您，不过……"

"您应该心里有数吧。"

绅士又默默地抽了两三分钟的雪茄。

"大概是某位男士要结婚了，所以想调查他的情况吧？"

"没错，正如您所料。"

"我在人事科工作，经常遇到这种事情。那么，您说的是谁呢？"

汤河的好奇心貌似被勾起来了，很感兴趣地问道。

"这个嘛，您这么问，在下还有点难以启齿呢。其实调查对象就是您啊。有人拜托在下调查您的身份，在下觉得这种事与其从别人那里间接了解，还不如直接问您本人来得快，所以就来拜访您了。"

"可是，您或许不知道吧，我已经结婚了啊，是不是搞错了？"

"不，没有错。在下知道您已经有妻子了，但你们还没有办理法定的结婚手续，而且您希望近期尽快办妥手续，对吧？"

"哦，那我明白了。这么说，是我太太的娘家委托你来调查我的吧？"

"职责所在，恕在下不能告知您委托人的身份。不过，想必您心里也大概有数，所以请不要追问了。"

"无所谓，我一点儿也不在意这种事。如果是有关我自己的事，您尽管问吧。比起被人间接地调查，这样我心里更舒坦些。谢谢您采取这种方式。"

"哈哈，不敢当。我（绅士也开始用"我"自称）一直都是这样调查的。其实，如果调查对象人品好、有一定社会地位的话，直接接触才是上策。而且，有些问题也只有本人才能回答。"

"是啊，没错！"汤河高兴地表示赞同。不知不觉间，他的心情又好起来了。

"此外，我对您的婚姻问题也深表同情。"

绅士瞄了一眼汤河开怀的模样，笑着继续说道。

"要想让您夫人入籍，您得和她的娘家早日达成一致才行，否则就要再等三四年，到夫人25岁的时候才可以。不过，要想达成一致，比起夫人，更需要让对方认可您，这是最重要的。我也会尽己所能的。所以请您理解，并毫无保留地回答我的问题。"

"嗯，我明白，您无须顾虑，请问吧——"

"好的，那么——听说您和渡边先生是同届学生，你们应该是大正二年（1913年）毕业的吧？我先从这件事开始问起吧。"

"没错，我们是大正二年毕业的。我一毕业就进了现在的 T·M 公司。"

"是的，您一毕业就进了现在的 T·M 公司。这我知道。那您和您前妻是什么时候结婚的？我想应该是在您刚进公司的时候……"

"是这样的，我 9 月进的公司，10 月结的婚。"

"1913 年 10 月……（绅士一边说着，一边屈指数了数）那么您和您的前妻正好共同生活了五年半对吧？因为您的前妻在 1919 年 4 月因感染伤寒病逝了。"

"是的。"

汤河答道，他觉得很不可思议，心想："这个男人声称不会间接调查我，却已经调查了许多了。"于是他再次露出了不快的神情。

"听说，您很爱您的前妻？"

"是的，我很爱她。不过，这不代表我没有同样地爱着现任妻子。前妻刚去世的时候，我自然也很不舍，但值得庆幸的是，我最终从那种情绪中走了出来。是现任妻子治愈了我。因此，从这一点上说，我一定要和久满子——久满子是我现任妻子的名字，我想你早已经知道了——我有义务和她正式结婚。"

"您说得对。"

绅士对他情深意切的语气略作回应，继续说道。

"我也知道您前妻的名字，她叫笔子对吗？此外，我也知道她是个体弱多病的人，甚至在因伤寒去世之前也总是疾病缠身。"

"您真是令人吃惊，不愧是专业人士，什么都知道啊。既然您了解得这么充分，就没什么需要调查的了。"

"哈哈哈哈，您真是过奖了，我可不敢当，毕竟我是靠这个吃饭的嘛，您快别捧我了。——我需要和您了解一下笔子的病情，她在患上伤寒之前，已经得过一次副伤寒，对吧？时间大概是大正六年（1917 年）秋天的 10 月份。我听说她当时病得很严重，高烧不退，您为此十分忧心。之后的第二年，也就是大正七年（1918 年）正月的时候，她又因为得了感冒卧床休息了五六天，是吗？"

"啊，没错没错，我记得是这么回事。"

"后来，她分别于 7 月腹泻一次，8 月腹泻两次，不过夏天腹泻的症状倒也很常见。在这三次腹泻之中，有两次症状较轻，无须休养。但另外一次就严重些，她为此还卧床休息了一两天。到了秋天，感冒像往年一样开始大流行，笔子小姐期间曾两次染病。也就是说，10 月份的时候，她得了一次不严重的感冒。之后第二年，也就是大正八年

（1919年）正月，她又得了感冒并发肺炎，病情相当凶险。后来，肺炎好不容易痊愈了，可是还不到两个月她就因伤寒逝世了。事情是这样吧？我说得没有太大出入吧？"

"嗯。"

汤河说完，若有所思地低下了头。此时两人已经路过新桥，走在了年终岁末的银座大街上。

"您那位前妻可真是可怜啊。在她去世前半年的时间里，不仅生了两次关乎性命的大病，还经历了几次令人闻之失色的事故。话说，那次窒息事故是什么时候发生的呢？"

汤河闻言并不作答。绅士只好自顾自地点点头继续说道："那时，您前妻的肺炎已经痊愈，再卧床两三天就可以下床活动了，结果病房的瓦斯炉出了问题。从此可以推断应该是天气寒冷的时候，大概是2月末吧。瓦斯的阀门松了，您的前妻差点因此窒息身亡。不过幸好没出大问题，只是她又多卧床休息了两三天。对了，还有这么一件事。她曾经乘坐公共汽车从新桥去往须田町，路上汽车和电车发生相撞事故，她差点就……"

"请稍等一下，我从一开始就很钦佩您作为一名侦探的实力。但您究竟出于什么必要，又通过什么方法来调查的这些事情呢？"

"嘻，也并非有什么特殊的必要性。只是我的职业病太严重了，总想把无关紧要的事情也都调查清楚，让别人大吃一惊。连我自己也觉得这个习惯不好，但就是停不下来。我马上进入正题，请您耐心听我说。话说，当时您前妻的额头还被碎裂的车窗玻璃划伤了，是吗？"

"没错，不过笔子是个很淡定的女人，并没有很惊慌。况且，虽说受了伤，也只是轻微擦伤而已。"

"可是，我觉得那次事故中您多少有点责任。"

"为什么？"

"说到为什么，还不是因为您让她不要坐电车，坐公共汽车，她这才乘坐了公共汽车。"

"或许我曾经这么说过。这种琐碎的事情我可记不清楚，但我当时应该确实这么说了。啊，对了，我确实说过。事情是这样的，当时笔子已经得过两次流行性感冒了，而且当时报纸上还报道说，乘坐拥挤的电车最容易感染流行性感冒。所以，在我看来，乘坐公共汽车比乘电车危险系数低一些。于是我再三叮嘱她绝对不要坐电车。可我也没想到她所乘坐的那辆车会遭遇车祸。我不认为我有责任，而且笔子也不会这么想，她甚至还曾感谢我劝她别坐电车呢。"

"当然，笔子小姐一直很感激您的贴心，一直到她去世前的最后一刻依旧如此。不过，我还是认为至少那起事故您是有责任的。您不是说考虑到她的健康才那么做的吗？出发点并没错。尽管如此，我还是认为您有责任。"

"怎么讲？"

"如果您不理解的话，我来解释一下。您刚才说，没想到那辆车会遭遇车祸。不过，夫人可不只在那一天乘坐过公共汽车。那时候，她大病初愈，还需要定期去找医生复查，所以每天都要从位于芝口的居所前往万世桥的医院。而且，需要连续去一个月左右。在那期间，她一直都乘坐公共汽车往返。撞车事故就是在那期间发生的，没错吧？另外，还有一点值得注意的是，当时公共汽车刚开始运行，经常发生事故。但凡有点敏感的人，都会担心会不会出车祸。我事先声明，您属于那种比较敏感的人——这样的您竟然让自己心爱的夫人多次乘坐公共汽车。这种行为和您的特质完全不符吧？如果一个月内隔一天就要乘坐公共汽车往返一回的话，那么她就有三十次被置身于遭遇车祸的危险之中。"

"啊哈哈哈哈，这种事你都能注意到，看来你的敏感度不比我低啊。原来如此，你这么一说，我好像有点印象了。我当时也不是完全没有注意到这方面，但我是这么想的，发生车祸的危险与坐电车感染流行性感冒的危险，哪一个更可能发生呢？而且，就算两种危险的概率相当，那哪一种更可能危及生命呢？考虑到这方面之后，我还是觉得乘坐公共汽车比较安全。为什么这么说呢？就像你刚才所说的那样，她在一个月内，要在家到医院之间往返十五个来回。那么如果乘坐电车的话，那三十辆电车肯定每一辆车上都有流感病菌。因为当时正值流感大暴发，这么想是很合理的。既然有病菌，就有可能被感染。而且汽车事故完全是偶然事件。当然，任何一辆汽车都有发生车祸的可能性，但这并不同于病菌那种有明显关联的危险因素。笔子已经得了两次流行性感冒，这说明她的体质比一般人更容易患病。因此在乘坐电车的时候，她肯定是众多乘客中最容易被感染的一个。可若是乘坐公共汽车的话，乘客们所面临事故的概率是均等的。不仅如此，我还斟酌了两种危险的严重程度。如果她第三次患上流行性感冒的话，肯定还会并发肺炎，那样可就没救了。我听说，得过一次肺炎的人很容易再得，再加上她病后尚未恢复元气，因此我的担心并非杞人忧天。然而，遭遇车祸的人却不一定会死亡。除非是极个别不幸的情况，否则也不会受重伤，毕竟鲜少发生因车祸重伤而丧命的情况。这么看来，我的考虑是得当的。你看，笔子坐了三十次公共汽车，虽然遭遇了一次事故，也只是轻微的擦伤罢了。"

"原来如此，您说的貌似很有道理，无可指摘。可是，有一个不可忽视的问题，您却未曾提及。刚才您提到电车和汽车遭遇危险的概率问题，您认为汽车比电车的危险系数低，即便有危险，程度也比较轻，而且乘客们所承担的危险是均等的。而在我看来，您的前妻无论坐汽车还是电车，都是被置于险境的人，她所面临的危险绝对和其他乘客是不平均的。也就是说，在发生撞车事故的时候，您的前妻比任何人都会先受伤，而且伤势会比任何人都要重，而这一切都是被刻意安排的。这一点是不容忽略的。"

"这话怎么讲？我听不懂。"

"哈哈哈，您听不懂吗？真是让人匪夷所思啊。您当时不是告诉笔子：'坐公共汽车的时候尽量坐最前面，那样才最安全'吗？"

"是啊，我所说的安全的意思是——"

"您稍等一下。您所说的安全是这个意思吧——汽车里也有一些感冒病菌，为了不吸入病菌，应该尽量坐在上风处。这么说，乘坐公共汽车虽然没有电车那么拥挤，但也有感染感冒的风险。您刚才好像忘了这个事实，然后您又补充道，乘坐公共汽车时，坐在前面的震动比较小。考虑到她当时大病初愈，还是尽量不要让身体受到震动为好。——凭借这两个理由，您建议前妻坐在汽车前面，与其说是劝说，不如说是严格要求她那么做。您的前妻一直认为您是个正直的人，不想辜负您的好意，所以尽量按照您所说的去做了。于是，您的话就被一步步地落实了。"

"……"

"是这么回事儿吧？一开始您并没有把乘坐公共汽车也可能会感染流感的风险考虑在内。可是，明明如此，您却又以此为借口让她坐在前面——这是其中一处矛盾。另外一个矛盾就是，您一开始很关注的撞车的风险，此时却完全被您忽视了。坐在公共汽车的最前面——考虑到撞车事故的可能性，这是最危险的位置了吧，坐在那里的人所面临的风险是最大的。所以您看，事故发生的时候受伤的不是只有您的前妻吗？那么一起小事故，其他乘客都平安无事，只有她受了擦伤。倘若是更严重一些的事故，其他乘客受擦伤的话，她一定会受重伤的。而更严重的情况是，其他乘客受了重伤，那么您的前妻就会没命。——交通事故当然是偶然发生的，但在这种偶然事件中，她受伤却是必然的。"

此时，两人已经过了京桥，但绅士和汤河似乎完全忘记了自己正走在哪里，一个人热情地讲着，另一个默默地听着，径直朝前走去。

"所以说，你先把前妻置于具有一定偶然性风险的环境之中，再进一步把她逼近偶然范围内的必然危险之内。这并不同于单纯的偶然性风险。因为这样就无法判断汽车是否比电车安全了。首先，当时您的前妻刚刚从第二次流行感冒中恢复过来，应该已经对流感有了免疫力了。要我说，当时她绝对没有感染流感的风险。就算是要帮她安排，也应该安排得安全妥帖些才是。而且，'得过肺炎的人很容易再得一次'这种情况，也是在前一次肺炎痊愈后隔一段时间以后才可能发生的事情。"

"我也不是不知道免疫力那回事，但她当初可是 10 月份患病以后，正月就又染病了。我这才觉得，所谓的免疫力也没那么靠得住，这才……"

"10 月和正月之间有两个月的时间。然而，当时您的前妻还没有彻底痊愈，仍在咳嗽，比起被人传染，她更容易传染别人吧。"

"还有你刚才所说的车祸的风险。这种危险本身已经是十分偶然的情况了，因此偶然范围内的必然岂不是概率更低吗？偶然中的必然和纯粹的必然可不是一码事。更何况，这种必然也仅仅会导致受伤，而不是说会必然丧命。"

"可是，如果是偶然发生了严重事故的话，也可以说会必然丧命吧？"

"或许吧，不过这种推理游戏不是毫无意义吗？"

"啊哈哈哈，您觉得这是推理游戏吗？我喜欢这种游戏，所以不小心说得太过头了，不好意思，马上进入正题。在此之前，我想先对刚才的推理游戏做一个总结。虽然您笑话我，但貌似您也很喜欢推理。没准儿在这方面您还是我的前辈呢，我想您不会一点儿都不感兴趣吧？而且，方才所提到的有关偶然和必然的研究，当它和某个人的心理结合起来的时候，就会产生新的问题，那么推理也就不再是单纯的推理了，您没有注意到吗？"

"这个嘛，好像越来越复杂了。"

"没什么复杂的。我所谓的某人的心理，其实就是犯罪心理。假如，某人想神不知鬼不觉地杀掉另一个人——'杀'这个字不妥的话，那就说'置某人于死地'吧。为此，他就要尽可能地将自己的目标对象暴露在更多的危险之中。在这种情况下，他为了不让对方察觉自己的意图，也为了让对方不知不觉地陷入计中，就只能选择偶然性的风险。但若是在这偶然之中包含着不为人知的某种必然的话，就更为理想了。所以说，您让您的前妻乘坐公共汽车的情况，在形式上和这种情况不是如出一辙吗？我说的是'在形式上'，不是针对您。我当然不是说您有那样的意图，但您应该也能理解那种人的心理吧？"

"你会考虑这些怪事，是职业病吧。形式一不一致都是你自行判断的。不过，如果有人认为在短短一个月内，让一个人乘坐三十次公共汽车就能害死对方的话，那这人不是傻瓜就是疯子。谁会指望这种不靠谱的偶然性啊？"

"是的，如果只是让对方坐三十次汽车的话，这种偶然命中的概率可以说是微乎其微。可如果从各个方面发掘出各种危险，并把它们都叠加在对方身上的话，命中率就会成倍增加。无数偶然的危险集中在一处，形成一个焦点，然后再引君入瓮的话，那个人所面对的风险就不是偶然，而是必然了。"

"——假设事情如你所说，那凶手应该怎么做呢？"

"比方说，有个男人想杀掉自己的妻子——想置她于死地。而且他妻子有先天性心脏病——这件事本身已经含有偶然性的风险了。他为了放大这种风险，就对她施加了一系列让她心脏更加衰弱的条件。比如，那个男人为了让妻子养成饮酒的习惯，便劝她喝酒。一开始他建议她每天睡前喝一杯葡萄酒，后来逐渐增加到饭后一定喝酒的程度。这样，就渐渐让她适应了酒精的味道。可是她本身就没有嗜酒的倾向，于是没能成为丈夫期望的那种酒鬼。于是，丈夫又采取了第二种手段，就是劝她吸烟。他告诉她：'女人要是连这点乐趣都没有，也太乏味了。'还买来进口的、味道好的香烟给她吸。没想到这个计划特别成功，一个月内，她就成了一个真正的烟民，对香烟无法自拔了。后来，丈夫听说洗冷水浴对心脏弱的人有害，便让她洗冷水浴。他佯装体贴地对妻子说：'你是容易感冒的体质，最好每天都洗个冷水澡。'妻子打心底信赖丈夫，于是依言照做了。她却不知道自己的心脏正因为这些事情越来越虚弱。不过，仅凭这些还不能说丈夫的计划完全得逞了。先让她的心脏越发虚弱，接着要进一步给予致命打击。也就是说，要尽量让她得上高烧不退的疾病——处于罹患伤寒和肺炎的状态。那个男人起初选择的就是伤寒。为了达成这个目的，他不停地让她吃可能含有伤寒病菌的食物。他还让妻子喝生水，声称：'美国人吃饭的时候都是喝生水的，他们称赞水是最好的饮料。'此外，他知道生牡蛎和石花菜凉粉里面含有许多致伤寒的病菌，就让妻子吃这类食物。当然，为了劝妻子吃，他自己也得吃。不过，因为他以前得过伤寒，所以已经有了免疫力。虽然这个丈夫的计划没有带来期望中的结果，但也基本成功了七成。因为他妻子虽然没得伤寒，却得了副伤寒，而且被高烧折磨了一周之久。不过，副伤寒的致死率还不到一成，所以不知道是幸运还是不幸，心脏虚弱的妻子死里逃生了。而丈夫已经成功了七成，便乘胜追击，之后依然殷勤地喂她吃生食。所以，一到夏天，妻子就常常腹泻。每次妻子生病的时候，丈夫就提心吊胆地观望着事情的进展，不巧的是，妻子一直没得伤寒。不久之后，一个让丈夫求之不得的好机会出现了。那就是从前年秋天持续到第二年冬天的恶性感冒的大流行。在那期间，丈夫想方设法地让她患上感冒。结果，刚到 10 月份，她就得了感冒。为什么会得感冒呢？因为她那段时间嗓子一直不舒服，丈夫说要预防感冒，就故意让她用浓度过高的双氧水漱口，导致她咽喉发炎。不仅如此，当时正巧一位亲戚的伯母得了感冒，丈夫就再三让她前去探望。她第五次去探病回来之后就开始发烧了。不过，幸运的是她康复了。到了正月，她又患上了更严重的感冒，还并发了肺炎……"

说着，侦探做了一件有点不可思议的事情——他像是要弹掉烟灰似的，在汤河的手腕上轻轻点了两三下——像是要默默吸引对方注意一样。两人来到日本桥的前面，侦探在村井银行前往右拐，朝中央邮局的方向走去。汤河不得不跟着走。

"妻子第二次感冒的时候，丈夫也动了手脚。"侦探继续说道，"那段时间，妻子娘家的一个孩子得了重感冒，要去神田的 S 医院住院。而丈夫在没受到任何委托的情况下，就让妻子去照顾那个孩子。他的理由是：'这次感冒传染性很强，不能随便安排人去看护。我妻子前段时间刚得过感冒，已经有免疫力了，所以是最合适的人选。'妻子也觉得他说的有道理，便去看护孩子，没想到又得了感冒。这样一来，她的肺炎就很严重了，几次陷入危险。这一次，丈夫的计谋十分成功。他在妻子的枕边向她道歉，表示因为自己的疏忽让她患上了严重的疾病。但妻子丝毫没有怨恨丈夫的意思，还始终感激着丈夫对自己的呵护，平静地等待着死亡。没想到，最后妻子再次转危为安了。而在丈夫看来，可以说是前功尽弃了。于是，丈夫又生一计。他觉得光是指望着生病还不够，得配合一些疾病以外的灾难才行。于是，他想到了妻子病房里的瓦斯炉。当时妻子已经好多了，虽说没有护士陪着，但还需要和丈夫分居一周左右。有一次，丈夫偶然发现妻子睡前很注重防火，总是把瓦斯炉熄灭了才睡觉。瓦斯炉的阀门就在病房到走廊的门槛处。妻子有起夜的习惯，每次都要从阀门那经过。路过阀门的时候，她长睡衣的下摆五次得有三次会刮到瓦斯阀门上。如果阀门关得不严实，被睡衣下摆这么一刮，肯定会更松。虽然病房是日式房间，但是门窗都很严实，密不透风。巧合的是，那里有这么多危险因素。这时，丈夫意识到，要把这种偶然引导成必然，就得做点手脚，把瓦斯炉的阀门弄得松一点儿。有一天，他趁妻子睡午觉的时候，偷偷往阀门上抹了点油，让它变得更顺滑。他自以为行事隐秘，不幸的是，他的一举一动都在不知情的情况下被人目睹了——目击者是当时在他家工作的女佣。那个女佣是妻子嫁过来的时候从娘家带过来的，是个非常照顾妻子又很机灵的人。嘻，这种事不说也罢……"

　　侦探和汤河途经中央邮局走上兜桥，又经过了铠甲桥。不知不觉间，两人已经走到了水天宫前的电车道附近。

　　"这回，丈夫成功了七成。妻子险些因瓦斯而窒息，幸好在事态严重之前就醒了过来，在夜里引起了很大骚动。不久之后，瓦斯的泄露原因也被查明了，说是因为妻子自己的疏忽所致。接着，丈夫又选择了公共汽车。就如同我方才所说，他利用了妻子就医的事情。他总是不忘利用一切可以利用的机会。因此，当利用汽车事故的计策也没得逞的时候，他又抓住了新的机会。给他这个机会的人是医生。医生建议她最好换个环境，去个空气好的地方住一个月左右，以便疗养身体。听了医生的叮嘱之后，丈夫就对妻子说：'你总是缠绵病榻，与其在家中休养，还不如搬去空气更好的地方住上一两个月。不过，也不能走得太远，不如去大森附近怎么样？那里离海很近，我上班也方便。'妻子闻言立即同意了丈夫的提议。不知您是否了解，大森那边饮用水的水质极差，因此传染病总是不断——尤其是伤寒。也就是说，这个男人通过事故害死妻子的企图落空之后，再次打起了让她得病的主意。搬到大森以后，他变本加厉地给妻子喂生水和生食，还坚持让她洗冷水澡，怂恿她吸烟。后来，他修整庭院，种了很多树木，还挖了个池塘蓄水，又说厕所的位置不佳，把厕所改到了夕照强烈的方位。这些都是为了让家里容易滋生蚊蝇的手段。而且，只要朋友中有人得了伤寒，他就借口自己有免疫力，常常去对方家中探望，偶尔也让妻子同去。就这样，他耐心地等待着结果，没想到这个计谋这么快就奏效了。过了不到一个月，他就大功告成了。他去探望某个得了伤寒的朋友回来之后不久，妻子就病了，并最终因此而去世。怎么样？这和您的情况是不是在形式上一模一样呢？"

"嗯……只，只是形式上罢了……"

"啊哈哈哈哈，是啊，到目前为止，只是形式而已。您是爱前妻的，反正表面上是这样。同时，你早已经在两三年前就瞒着前妻爱上了现在的妻子，且不是装装样子而已。如此一来，在现有事实的基础上再加上这个事实的话，方才所说的事件和您的情况就不仅仅是形式上的雷同了……"

两人顺着水天宫的电车道右转进入了一条狭窄的小巷。小巷左侧有一家事务所模样的房子，上面挂着"私家侦探"的大招牌。装着玻璃窗的二楼和一楼一片灯火通明。走到那里之后，侦探"哈哈哈哈"地纵声大笑。

"啊哈哈哈哈，可不能再瞒您了。您从刚才开始就抖个不停。今晚，您前妻的父亲就在我这里等着您呢。不用害怕，进来吧。"

他突然捉住汤河的手腕，用肩膀推开门，把汤河拖进了明亮的房子里。在灯光的照射下，汤河脸色煞白。失魂落魄的他，趔趄蹒跚地走着，一下跌坐在了椅子上。

外科室

泉镜花

上

高峰医生是我亲如手足的好友。有一天，他要在东京府下的一家医院为贵船伯爵夫人做手术，好奇的我以画家身份为借口，硬要他允许我去参观。

那天上午 9 点刚过，我从家里出发，乘黄包车去了医院，直接走向外科室。此时，刚好有两三位面容姣好的女士推门而出，在走廊与我擦身而过。看她们的衣着，像是富贵人家的侍女。

她们簇拥着一名披着披风的七八岁的女孩，消失在了我的视线里。不仅如此，从玄关到外科室，以及连接外科室和二楼病房的长廊中，身着西服的绅士、制服挺括的武官、和服打扮的人物，还有贵妇和富家千金，个个气质高雅，或擦肩或聚集，或走或停，往来如织。我想到方才在医院门前看到的那几辆马车，心中了然。他们之中，有人面露沉痛，有人忧心忡忡，还有人惊慌失措，每个人都神情紧张。皮鞋、草鞋发出的急促脚步声打破了医院的寂静，回荡在高高的天花板、宽敞的建筑和长长的走廊上，显得格外阴森凄惨。

过了一会儿，我走进了外科室。

医生和我对视了一眼。他嘴角噙笑，双手抱胸，仰面靠在椅子上。手术就要开始了，他所肩负的重任几乎与我国整个上流社会休戚相关，但他本人却从容不迫，像他这样的人实属罕见。室内有三名助手、一名负责指导的医学博士和五名红十字会的护士。有的护士还戴着勋章，或许是皇室所赐。此外就没有女性了。还有一些公、侯、伯爵等亲族在场。病人的丈夫伯爵一脸难以形容的表情，愁眉苦脸地站在那里。

在一尘不染、灯火通明的外科室中央的手术台上，躺着伯爵夫人。室内的人关切地注视着她，室外的人则为她牵肠挂肚。只见她身着白衣，像死尸一样躺着，脸色苍白，鼻梁高挺，下巴瘦削，手脚瘦弱得不堪绫罗。她发白的嘴唇微张，露出几颗贝齿，双目紧闭，娥眉微蹙，蓬松的头发散落在枕边，搭到了手术台上。

这柔弱、高贵、清纯美丽的病容，令我一见就觉得不寒而栗。

我无意间瞥了一眼这位医生，只见他依旧无动于衷、神情自若。室内只有他自己坐在椅子上。虽说这种沉着令人觉得可靠，但我既然已经见过了伯爵夫人的病容，就难免觉得他有点过分冷静了。

此时，有人轻轻推门走了进来，正是刚才在走廊里遇见过的三名侍女中较为显眼的一个。

她轻轻地对贵船伯爵说道："老爷，小姐已经不怎么哭了，正乖乖地在其他房间待着呢。"

伯爵点点头。

护士走到医生的身边说道："那么，您……"

"好的。"

医生的声音听起来微微颤抖。不知为何，此刻他却忽然变了脸色。

我心生同情，看来无论多么高明的医生，在这种情况下都会有点紧张的。

护士接到医生的授意之后，对侍女说道："那就请你准备一下吧。"

侍女心领神会，走到手术台前，将双手叠在膝上施施然行了一礼，说道："夫人，现在为您施药，请您闻一闻，数一下假名或者数字。"

伯爵夫人没有作答。

侍女战战兢兢地重复道："您听清了吗？"

夫人只发出了一声："嗯。"

侍女又确认道："那么可以开始了吗？"

"什么？麻醉剂吗？"

"是的，您需要睡到手术结束的时候。"

夫人略一思忖，清清楚楚地答道："不，我拒绝。"

大家面面相觑，而侍女则耐心地劝道："夫人，那样的话便无法治疗了。"

"嗯，那就不治了。"

侍女哑口无言，转过头观望伯爵的脸色。

伯爵上前几步说道："夫人休要胡闹，怎么能不治疗呢？万勿任性啊！"

侯爵也插嘴道："要是不行的话，就把小姐领过来给您见一见。得赶快治好病才行啊。"

"是呀，"侍女周旋道，"那么您同意了吗？"夫人勉强摇了摇头。一名护士柔声道："您为何反感麻醉药呢？其实一点儿也不难受，晕晕乎乎的一会儿就结束了。"

夫人闻言眉毛一挑，咧了咧嘴，瞬间看似苦不堪言。她双眼微睁，说道："硬要逼我的话，我也没办法。我呢，心里有个秘密。据说人被麻醉了之后就会胡言乱语，这让我很害怕。如果不睡着就无法治疗的话，那就不用再治了，就这样吧。"

如此说来，伯爵夫人担心自己在梦中吐露秘密，宁死也要保守秘密。而身为丈夫的伯爵，听闻此言又作何感受呢？这句话要是放在平时，想必会引起一场纠纷，但现在作为病人的看护，却无法追究。况且，夫人坚定地亲口表明自己有不可告人的秘密，考虑到她的心情，就更无法追问了。

伯爵温柔地说道："夫人，连我都不能说吗？"

"是的，不能告诉任何人。"夫人毅然决然地说道。

"就算用了麻醉药，也不一定会胡言乱语呀。"

"不，这么想的话，一定会说出口的。"

"怎么会，你有点蛮不讲理了。"

"真是抱歉了。"伯爵夫人说着，想要翻个身，可是一副病躯挣扎之下却是不能，只听她牙齿咬得咯咯作响。

在场的只有医生一副若无其事的样子。刚才他曾一度乱了方寸，但现在又镇定下来了。

侯爵苦着脸说道："贵船，一定要把小姐带过来给她看看，也许她见了孩子就回心转意了。"

伯爵点点头："阿绫。"

侍女答道："在。"

"去把小姐领过来。"

夫人不由得阻拦道："阿绫，没必要领她过来。话说为什么非得睡着了才能治疗呢？"

护士无奈笑道："因为要在您的胸口开刀，若是您动了，就会发生危险。"

"不，我不会动的，开刀吧。"

这天真的言论让我感到一阵寒战。今天恐怕不会有人敢于直视这场手术吧。

护士又说道："夫人，不管怎么说，一定会疼的，毕竟这和剪指甲不一样。"

夫人睁大了眼睛，声音肃然："主刀的是高峰医生吧？"

"是的，他是外科主任。但即便是由他主刀，也是会痛的。"

"没关系，不会痛的。"

在场的医学博士初次开口："夫人，您的病情不轻，可是要割肉削骨的，还请您稍作忍耐吧。"除了关云长，还有谁能忍受得了这种痛苦呢？然而，夫人却毫无惧色："我知道，不过我不在乎。"

"看来已经病糊涂了。"伯爵愁眉不展地说道。

侯爵在旁说道："那今天还是算了吧，等一下再慢慢说服她好了。"

医学博士见伯爵没意见，众人也都没有异议，便出言劝阻道："再耽搁就无力回天了。说到底，您各位还是对病情不够重视，所以总是犹犹豫豫。护士，请把病人控制住。"

在博士的命令下，五名护士一拥而上围住了伯爵夫人，想要按住她的四肢。她们的职责就是服从命令，只要服从医生的命令就可以了，完全不用考虑其他事情。

夫人气喘吁吁地唤道："阿绫！快来！"侍女闻言而来，慌忙挡下护士，战战兢兢地对夫人柔声说道："啊，请等一下。夫人，请您原谅。"

夫人面色苍白如纸："怎么都不行吗？就算治好了也会死的，就这样做手术得了。"她用纤弱白皙的手勉强整理了一下衣服，露出了洁白如玉的胸部，毅然说道："来，就算被杀了也不疼，我一动也不会动的，没关系的，开刀吧。"夫人不愧是出身高贵，她那威严的语气令众人鸦雀无声，连咳嗽声都没有，只余一室静寂。

此时，一直静若死灰的高峰轻轻起身说道："护士，手术刀。"

"是。"一名护士瞪大了眼睛，犹豫道。众人一片愕然，紧盯着医生的脸。另一名护士微微颤抖着，拿起消了毒的手术刀递给了高峰。

医生拿起手术刀，信步走近手术台。

护士战战兢兢地问："医生，这样能行吗？"

"嗯，应该可以吧。"

"那就把病人按住吧。"

医生抬起手轻轻阻止了护士："不需要。"说着，手疾眼快地把病人胸口的衣服拨开。夫人双手抱肩，一动不动。

高峰医生的神情异常庄重，用发誓般的语气严肃地说道："夫人，我负责这台手术。"夫人的两颊泛起一阵红晕，答道："请。"她目不转睛地盯着高峰，对逼近胸前的手术刀视若无睹。

只见鲜血从胸口涌出，染红了一袭白衣。夫人的脸色越发苍白，却镇定自若，连脚趾都没有动。

　　医生的动作十分迅速，十分敏捷地划开了伯爵夫人胸部的皮肤。众人自不用提，就连那位医学博士都插不上话。此时，有人发抖，有人掩面，有人转过身去，还有低头的。而我面对这种情景也是瞠目结舌，感觉一直凉到心底。

　　医生只用了三秒钟便顺利地推进了手术。据说这二十天来，夫人连翻身都难做到，可是当她意识到手术刀已经抵达骨头的时候，挤出了"啊"的一声，像机器一样弹起上半身，双手紧紧攥住高峰执刀的右臂。

　　"疼吗？"

　　"不，因为是你，因为是你啊。"伯爵夫人说到这里，沮丧地抬起头，神色怆然地凝眸看向这位名医，"可是，你，你认不出我了吧"。说着，她单手托住高峰手里的手术刀，深深刺进了心脏的位置。

　　医生脸色惨白，颤抖着说："我没有忘记你。"

　　这声音、这呼吸、这身姿……这声音、这呼吸、这身姿……伯爵夫人带着纯真、欢欣的笑容松开高峰的手，栽倒在枕头上，嘴唇已经变了色。

　　此时的两人，仿佛身边无天无地，也没有社会和他人，只有他们自己。

下

算起来已经是九年前了。彼时，高峰还是医科大学的学生。有一天，我和他一起在小石川的植物园散步。5月5日杜鹃怒放，我们相偕而行，穿梭于芳草丛中，绕行于园内的水池边，邂逅了盛开的紫藤。

我们转过身想走上开满杜鹃花的山岗，正漫步池边时，有一群游客从远处走来。走在前面的是一位穿着西服、戴着礼帽的男士，后面跟着三位女士，另一名同样装扮的男士走在最后。这两名男子是贵族的车夫。中间的三位女士都撑着深色的阳伞，走路时和服下摆窸窣作响，袅袅婷婷而来。擦肩而过时，高峰不由得回首一顾。

"看见了吗？"

高峰点点头："嗯。"

我们登山岗，赏杜鹃。杜鹃很美，但它不过是一片红艳而已。旁边的长椅上坐着两个商人模样的年轻人。

"阿吉，今天真走运啊。"

"是啊，偶尔也可以听听你的主意。要是去了浅草而没来这里的话，就没有这等眼福了。"

"话说回来，这三个女子真是个个艳若桃李啊。"

"其中一人好像梳的是圆髻。"

"反正也高攀不起，圆髻也好，束发也罢，又有什么关系呢？"

"不过，按理说她们应该梳高岛田的，怎么梳的是银杏呢？"

"你不明白吗？"

"嗯，感觉不是很得体。"

"想必她们是低调出行、不想被人发现的贵人吧。你瞧，中间那位格外出挑，而另一个则是影武者。"

"你再观察一下她的衣着如何？"

"是淡紫色的。"

"哦，只是淡紫色的话，可聊不下去了哦，仅仅如此吗？"

"她实在是过于光彩照人了，我自是抬不起头来。"

"所以你就只盯着腰带以下的部分了吗？"

"别瞎说。只是惊鸿一瞥罢了，真的很可惜。"

"还有啊，你瞧她走路的姿态，如同乘着霞光翩然远去一般。我今天是第一次见识到什么叫步履娉婷，果然出身高贵之人举止自然端庄。咱们平民可模仿不来。"

"别夸大其词了。"

"说实话，你知道我曾向金毗罗神发愿，三年不踏足北廓。可是什么事情都没有发生——我在夜里戴着护身符走过河堤，竟然一点儿都没遭报应。然而，今天我下定决心，不再理睬那些丑女人了。瞧瞧这一个个的穿红戴绿，好看吗？简直就像垃圾中的蛆虫在蠕动一样。太无聊了。"

"你说得也太刻薄了。"

"我可没开玩笑。你看那边那个，有手有脚的，穿着华丽的和服和外褂，打着同样的阳伞站在那里，确实是个女人，还是个年轻女人。可是，和刚才那位比起来如何呢？简直是俗不可耐、污浊不堪。就这也能都算是女人，呵，真是骇人听闻。"

"哎呀，你真是越讲越离谱了。但确实如此。我以前也是这样，一看见稍微有点姿色的女人，就会蠢蠢欲动，给同行的你也添过不少麻烦。可是自从见了刚才那位，我这心里痛快了许多，不知怎么就感觉心情轻松，以后也不想和女人有瓜葛了。"

"那你可就得打一辈子光棍儿了。那位贵人可是不会主动开口下嫁给源吉你的呀。"

"那可是要遭报应的，我可没想过。"

"那要是她真想嫁给你，你怎么办？"

"老实说，我会逃走的。"

"你也是吗？"

"嗯，你呢？"

"我也会逃。"二人四目相对，沉默良久。

"高峰，我们走走吧。"我们一同起身，远远地离开了那两个年轻人。高峰仿佛有所感触："啊，真正的美就是这样令人触动，你是个中高手，好好钻研吧。"

我是名画家，却并未因此而感动。走了几百步，远远看到在那棵郁郁葱葱的樟树下，有一抹淡紫色的衣角在树荫处一闪而过。

走出植物园之后，我们看见那里站着两匹膘肥体壮的良驹，镶着磨砂玻璃的马车上歇着三名马夫。此后又过了九年，直到在医院发生那件事情之前，高峰对我绝口不提有关那名女子的事情。无论年龄还是地位，高峰都理应成家了，然而他却未曾娶妻，而且他的品行比学生时代要更加端正。此外我就不必多说了。

他们二人在同一天先后去世，分别葬在青山的墓地和谷中的墓地。敢问天下的宗教家们，难道他们二人会因为有罪而不得往生极乐吗？

恶魔的诱惑

不会冒烟的烟囱

梦野久作

屋外的夜空挂着皎洁的月亮。月亮正从玄关反方向缓缓地向烟囱西斜。

我站在庭院中阴湿的泥土上，汗淋淋地摸索着向前行进。蜘蛛网多次挂在我脸上，我却不敢发出任何声响。虽然其间弄错了方向，最终还是从后门走了出来。

从门缝中探出头去，我来回张望着深夜几乎无人的大久保街道。回头看了一下烟囱漆黑的影子，然后急匆匆地向对街走去。

对于像我这样对东京都内地理街道和警察执勤网了如指掌，且还是新闻记者的人而言，在如此深夜能从大久保街去新宿的游乐街，又不被人发现，也不是什么了不起的事情。

在游乐街上，我装作醉醺醺的模样拦了一辆出租车到骏河台，然后再徒步走上了骏河台的坡道，最后在凌晨 4 点左右回到了御茶水的绿色公寓。

这栋公寓装备着最新式、最奢华的暖气设备，出来进去也相当自由。尽管如此，我还是非常小心地留意，没有发出声音，悄悄地溜进自己三楼最里面的房间里，并锁上了房门。

在房间中央的书桌上摆着一个拿起话筒的电话，还散落着昨夜 11 点左右写的周日副刊的新闻原稿。在百烛灯的灯光下，原稿上的文字清晰可见。我从内兜里掏出几张千元大钞放在原稿上，然后脱光衣服开始逐一检查外套、衬衫、裤子，甚至是内裤。确认一切没有异常，再将它们全部穿上。这时才感觉到有些许冷。

我用挂在床脚的毛巾擦拭着鞋子，让它好像是在汽车的地毯上踩过一样……

然后我走到房间角落的洗手台洗手，尽量压低水流声。其实这个时候，就算是被听到什么也无所谓了……

最后我拿起放在椅子上的帽子，非常仔细地用毛刷刷净。就连上面附着的两三条极细的蜘蛛丝也费心地刷除。将沾在毛刷上的灰尘用指尖搓成一团，顺着洗手台的排水管流走。

本想将帽子挂回去，突然看到帽子里侧，在印着JANYSKA的天蓝色标签上附着一只黑色和金色交织的细长生物，张牙舞爪的。它的右前足直直地向前伸着，好像已经准备好潜逃。

是女郎蜘蛛……应该是从南堂家中带回来的。我在电灯下仔细检查衣物的时候，天生喜好黑暗的它逃过我的视线躲到黑暗的角落……这难道是南堂家伯爵夫人的执念吗？

我打消了这个奇怪的念头，也许是因为神经紧绷久了吧。我打开窗户，拼命地挥打帽子，确定连蜘蛛丝都不会有了之后，再将帽子戴在头上。

我终于松了一口气。

能证明南堂伯爵夫人之死和我有关的，也就只有刚刚那只女郎蜘蛛而已。那具被短剑刺穿心脏的尸体，临死前都无法叫出我的名字……

我打算写完原稿后，将原稿邮寄到朋友所在的杂志社。同时向报社请假，说我因为神经衰弱要静养一个月。然后远走高飞，逃到一个警察的手伸不到的地方，再也不用担心被逮捕了。

万事考虑周全、设想周到是我的习惯。

朋友收到了原稿，会以为是之前预定好的内容，一定不会太仔细看就直接送到印刷厂。毕竟早已过了截稿日期……

在印刷厂，原稿被打散，交到不同的工人手中。就算是印刷出来，不完整阅读的话也没有人会发现其中的玄机。最后装订成册，借着各种渠道发送给全国的读者，然而稿中的地名和人名都是假名，除非是经常阅读留意报纸杂志的读者，或是参与调查的警官中尽职尽责的人，否则根本无法留意到标题所影射的意义。就算他们有人察觉到了事情的真相恐怕也是两三周以后的事儿了。到那时如果我还没有逃走，被逮捕的话，就是咎由自取了。

我之所以会做这样的事，唯一的解释就是我知道了太多的事情……与其说我这样做是放肆大胆，不如说是愚蠢的行为。

唯一的理由是为对方还原事情的真相，这也是我和南堂伯爵夫人之间的约定。

如果我被逮捕，应该是会判个恐吓杀人罪吧，无论是谋杀或是抢劫杀人都是要被处以绞刑的。然而这样的我却是那个恐怖事件的唯一证人。

这世上还有谁能证明我是一个对所有生命都非常敏感的人。

我是生活在现代社会堕落阶层的寄生虫。我总是用"金钱"来不断地尝试和冒险，即使被称为卑鄙者，或被骂为恶徒也无所谓。况且这次的事件，对芸芸众生来说也是非常难得的。毕竟我做的事让被害者本身都会由衷地感谢。所以给我六千日元的报酬也会感到物超所值。

所以，我决定以记录此事件的册子和这六千日元为资本，来挑战这个世间的普世价值。

那些做过同样事情的堕落的资本家们啊，还是要有所警诚的好。

窗外逐渐明亮起来。

我先休息一下吧。

在今天半夜零时左右，我去拜访了南堂伯爵遗孀。

不过，这却不是一般的拜访。简单地说，就是去恐吓她的。

我任职于日本首屈一指的大报社——《东都日报》的外联部。报社位于本乡西片町的小印刷厂旁边，每周日会发行一份四页报纸——《家庭周报》。报纸的内容大多是有关料理、裁缝、手工艺等的小专栏，还有一些有关上流社会名媛、女明星、戏剧、展览会等的八卦报道。不过每月大概一次左右，报纸会报道女校或是上流社会家庭等的内幕，其目的就是吸引当事者为遮盖真相高价收买所有相关报纸。当然这些有内幕的报道都是附加在报纸的别刊上，与本刊分开印刷，所以也没有引起警察的调查。

最近一段时间，这类恐吓愈演愈烈，也可能是很多大报社决定不再报道上流社会的丑闻了吧……甚至有些仅仅是初稿——是我最近听闻的，竟然要价五百到几千日元不等。

在资本主义末期的各个社会阶层中，上流社会为了反抗经济不景气而沉溺于堕落的例子屡见不鲜。因此我也乐得来分一杯羹。我越是追逐金钱，就越能深入堕落的里层。那些沉沦的女演员、寻欢作乐的男明星，都有把柄在我手上。

南堂伯爵夫人，就是其中之一。

有着巨额财产，并热衷于收集珍奇书画的伯爵，在四五年前死于肺病。不久之后，他的遗孀就将旧宅的大部分改建为出租屋，租给附近银行的职员们。她自己则住在庭院角落的图书馆里，在屋顶加盖了一个粗糙的红砖烟囱，仅雇用了一个通勤的仆人。

不知从何时开始，这位夫人的美貌看起来与她的年纪背道而驰。近 40 岁的年纪，却拥有令人梦寐以求的丰润躯体和艳丽风姿。她逐渐主持妇女正风会的事物，开始展露她的气吞万丈的雄辩与文笔才华。

她拥有过人的智慧和魅力。在物质和精神各个方面都不会树敌。她说因为自己没有孩子，所以余生都致力于公益事业。她还表示最快乐的事就是去幼儿园或是小学校亲近孩子们。她也确实是这样做的。

和她有共鸣的绅士淑女也聚集在她身边，为她奔走忙碌。资助她的公益事业的报纸刊物，也一定会畅销。

各个报纸杂志都争相刊登她的照片、言辞和文章。她亲笔题字的扇子和小册子，都被人争相抢购。好像整个世界都被她迷住了，实际上她获得的关注和评价比社会对她的公开评价更高。

只有我一个人，没有被她的魅力迷惑。为了某个不可思议的动机，我远远地观察她，尽可能地探究她所隐藏的另一面。

那个不可思议的动机，就是南堂家图书馆新盖的那个烟囱。

实际上，我之所以对南堂伯爵夫人如此好奇，也正是因为那个粗制滥造的红砖烟囱。

大久保百人町附近的人应该都知道的吧。

排列着铁钉，颇具古风的南堂家的大门内本是宏伟的桧木建筑，现在却开始胡乱地建造了粗糙的出租屋……与此同时，绕到后门，与前门正相反，那些诉说着南堂家历史的松树、橡树、椿木、樱花树等，连同正门那边的出租屋，被高高的黑土墙和坚固的榉树制的后门包围着。与依旧保留着原来模样的附近的住宅格格不入，仿佛另一个世界一般……

孤零零地矗立在杉树丛中的南堂家图书馆是一栋上有四间房、下有五间房的两层钢筋混凝土结构的建筑。外墙贴着茶褐色的瓷砖，上等的砖瓦屋檐下排列着被涂成绿色的铁栏杆。图书馆采用的是抗震耐火的文艺复兴时期的设计，足见伯爵对它的钟爱和重视。

但是伯爵去世后，在玄关的另一侧修建的那个烟囱，还是个普通的红砖方形烟囱，的的确确与这个建筑物格格不入。不仅和那个精心设计的图书馆完全不搭调，也破坏了周围的杉树林所塑造的气氛，不管怎么看都有火葬场的感觉。

我始终觉得那个烟囱很突兀……虽说如此，自从烟囱建成以来，经历了整个冬天，又到第二年的春天，始终没有见过冒烟的景象。

刚刚察觉到这个事实的时候，我仿佛被惊醒了一般。站在行人如织的街道上，茫然抬头看着烟囱顶端的避雷针。顺着避雷针凝视着上面飘过的鳞云。

但是，无法理解的事情，再怎么想也无济于事。

图书馆自建成以来，一直是用电线和瓦斯的，其附近也没有散落过煤炭或是烟灰的痕迹，也没有见过运送煤炭的商人进出……那么那个不用烧煤炭的烟囱究竟是做什么用的呢？如果是为了消除屋内的瓦斯味道，应该会修建一个比较美观的烟囱吧，况且对面玄关的右侧的墙壁上早已经修建了火炉。如果是普通意义的通气用的，岂不是有很多更轻便、更美观、更有品位的吗？也可能是为了厨房的需要，但是厨房具备电力和瓦斯就足够了，为什么还要修建这样一个大煞风景的丑陋烟囱呢？越这么想下去，我就越觉得怪异。我无数次想潜入屋内，一探究竟。

就这样又过了一年，那个烟囱不仅仍然没有冒过烟，还从根部向上长满了藤蔓。那种藤蔓和麹町区内 C 国大

141

使馆墙壁上的属于同一种类，都是外国品种的漂亮蔓草。但是它生长得特别快，过了两个夏天，就已经附上了最顶端的避雷针，还有一簇藤蔓垂了下来。图书馆的外侧清扫得不够彻底，房檐上开始长出蒲公英和杂草，绿色的铁栏杆也开始生锈。与此同时，已经覆盖了烟囱的藤蔓开始四处蔓延，两年的时间，已经占据了图书馆外墙的大半。而且主人似乎也毫不在意这些藤蔓，枯枝散落，杉树倾斜，整个宅邸渐渐呈现出废墟般的感觉。

一直与周遭景物不协调的烟囱，现在正好相反，突然和周围的建筑物、树林交相辉映，甚至表现出一种异国情调来。或许这正是象征着宅邸主人的某种自然的心理状态吧……

自始至终留意烟囱变化的我，也不知不觉地忘记了烟囱的突兀之处，很自然地认为烟囱不冒烟是理所应当的，便开始着手寻找与此无关的其他素材。如今回想起来，还真的是无法解释的心理作用啊！

自从我的思绪偏离了烟囱的问题，调查她隐藏在深处的秘密的事情就开始有了长足的进展，一个个不可思议的事实摆在眼前。

我把她特意从外地招来的出租车的车号——记在笔记

本上。再依那些车号找到出租车司机，施一些小恩小惠，向他们打听夫人的行踪，结果果然如我所料。不仅如此，连一些我毫不知情的线索也从丑闻旋涡中浮现出来。那些场所是普通记者或侦探都不易察觉的、极其隐秘的，如我这般的老手都想象不到。这也让我意外地发现了那些处在旋涡中、与她勾结的绅士们的不为人知的另外一面。

这话说来有些可笑，但也让我进一步体会到了东京的广大与深邃。

于是，我看准时机，尾随一位出入南堂家的用人到她家，放低姿态，企图收买她。

因为那个女佣的身世比较可怜，这里就不写她的姓名和住所了，但可以肯定的是，她是××战争中牺牲的某战士的遗孀。因为个性使然，她是个比较懦弱的中年人，是不想打扰到独生女的夫家，所以才会去做帮佣。她一边泪眼婆娑，一边向我述说着南堂家夫人的淫乱行为。有的时候，夫人会让她的情人男扮女装，再巧妙地带入家中，还将情夫的职业或者姓名等详细信息都告诉了我。这对我来说是一大收获。

不过，以我的经验来看，她的言谈举止中透着一种恐惧，似乎还隐藏着什么重大的秘密，所以，我打算再次拜访她，再和她深聊一下，不料那个女佣却突然失踪了。听说她付清了房租，搬到别的地方去了，也没有看到她再出入大久保町的南堂家。取而代之的是一个年轻烂漫的小姑娘，只是在白天的时候去南堂家上班。

就这样，在我大意之时，重要的线索就这样踪迹全无了。我甚至忘了问她的独生女住在哪里……

另一方面，这也让我惊异于伯爵夫人的手段。原以为事情就要水落石出了，如此一来就只能静观其变，有的放矢才是最安全有效的。所以这一段时间，我静默下来，见机行事。

然而，自从那个女佣失踪以来，不知为何那个本已被我遗忘的烟囱问题，又浮现在我的脑海。

与其说是我的第六感，倒不如说是来自记者的经验和敏锐的判断能力。烟囱是在伯爵死后才建造的，我判断其中一定藏有什么秘密才对……

但是，从一开始我就知道，要探明这个秘密并不是一件容易的事情。于是，我费尽心思地去寻找任何可能的线索，却找不到任何蛛丝马迹。

就在我一筹莫展之际，一个意外听到的消息让我振奋，伯爵家的不动产要抵押贷款。

这个消息是我从 C 国大使格拉德斯那里听到的。一听到消息，我就知道自己不能再错失良机。如果我再磨磨蹭蹭的，这条线索又会被人掐断，那我就得不偿失了。当机立断，我写一封匿名的恐吓信给伯爵夫人，说我要将她的事公之于《东都日报》《中央晚报》这两大报纸上。第二天一早，我还在自家睡觉的时候，就接到了来自《东都日报》的电话。

我慌慌张张地拿起电话。还以为又是什么社会事件，本能地皱起了眉头。

"喂，有什么事啊？"

"你好，我收到你的信了，今晚 12 点我会在我家后面等你。你听到了吗？今晚 12 点……我家后门……"

居然是伯爵夫人的声音，她说完之后就立即挂断了电话。

我全身一紧，感到了莫名的恐惧。

她居然什么都知道，说不定她连我明天休息也知道。

我越想越可疑，在做好了充分准备和警戒的情况下，悄悄地走出公寓。

"不要太小看我"。我冷笑道。

按照既定路线，我从后门走进去，穿着外出和服的伯爵夫人已经坐在那里等着我了。她向我走来，一言不发地握紧我的手，让我一下子又紧张起来。我忽然察觉我们会面的时间好像有些敏感。

但是我并不害怕，如果她想要引诱我，只要我寸步不让她也无可奈何……我一边这么盘算着，一边被她拉着走过深夜荒草丛生的庭院，穿过树荫下湿暗的小路，进入杉树林中的图书馆。通过玄关，穿过没有开灯的走廊，进入了幽暗的室内。

伯爵夫人松开了我的手，走入黑暗的房间里打开了灯。

开灯的瞬间，我因突然亮起的光而眨了眨眼睛……嗯，就是这里，这里就是我最初千方百计地想要溜进的图书馆。

我现在所在的房间，应该就是南堂伯爵生前的寝室。而伯爵死后，这里就成为伯爵夫人秘密纵欲的场所了吧。

不断燃烧瓦斯的大暖炉里发出的氤氲暖气，混合着夫人浓艳的妆容和她浓郁的体香，在屋中飘散。

不过我依然很平静，脱下外套和帽子，放在与入口相对的钢琴上。夫人依旧戴着那双黑且轻薄的手套，同样冷静的她同我面对面坐着。

我们两个人轻轻点头致意，作为初次见面的寒暄，然后不约而同地展开对话，对话如剃刀般锋利，然后又随时观察对方的神情变化……

"感谢您接听了我的电话。让您如此费心真是不好意思。我会将信件还给你的。"

"啊，你费心了。"

"那么……您什么时候能将新闻原稿交给我呢？"

"真是抱歉。所谓的原稿其实是骗人的，但稿子就在我的脑袋里，我随时可以将它付诸文字。"

"这样啊，那您还知道什么事情吗？"

"您是说，除了您与C国大使以外的事情吗？"

"是的。"

"我还知道了很多不该知道的事呢。真是抱歉啊，自从伯爵去世之后，您似乎一直过着不可告人的生活。尽管您作为妇女正风会的会长被全日本的妇女憧憬着，私底下却是另一副面孔，用各种方法引诱各个阶层的绅士们。您所挑选的对象几乎都是对此道颇有心得的外国人士，或者是习惯于秘密行动的达官显贵，所以您的行为一直没有被泄露出去。这也是您聪明的地方。"

"哈哈哈哈，你所说的是资本主义末期的女性吗？不过……你调查得还真是仔细呢。"

对方出乎意料地很快就卸下了心防，这让我也不得不招认自己的真实目的。

"其实……我其实也不过是资本主义末期的寄生虫而已。"

"哦，你想说的就是这些吗？"

"您一定愿意付一些封口费吧。"

"是的，不过你这样遮遮掩掩的，反而会让事情变得麻烦不是吗？"

"也对，那么您愿意为此付多少钱呢？"

"足以让你辞去记者工作。"

"哈哈，原来你都知道啊，那我算你便宜些好了。嗯，如果二百五十七期准备印两千份的话，全部回收需要一万日元左右，加上我每个月两百元的工资，这样算起来是一笔不小的数目。我就给你打个半价，你看五千日元怎么样？"

"没问题。"

"成交。"

伯爵夫人从桌子下面取出皮包，开始数钱。看见夫人这么爽快，我的心里开始有了新的计划。有了这笔钱后，我就可以用新的笔名设立新的报社，发行新的报纸，这样有个一千元就够。这次我可以办文艺报，主要恐吓那些虚假的医院和产业什么的，或者干脆重新开始，换一间公寓，继续写稿的生活，或者……

夫人终于数好了钱。

"嗯，一共是六千两百日元。不好意思不是整数，请看在已经准备好的份儿上笑纳。"

"这个……有点太多了。"

"不多不多，这是我一点心意，请不要推辞。"

"非常感谢，我一定会遵守约定。"

我低头答谢，这个时候才明白伯爵夫人为什么会声名远播。

原本依照作为记者的本能，我应该处处深入当事人的心理状态，不知为何此时却如被麻痹了一般，或许不知不觉中我也中了伯爵夫人的毒。这样让我充分体会到了她的聪明之处。我就这样轻易地被区区几千元收买了呢……

真是世事难料啊。

我把大小不一的厚厚一沓钱随意分成两份，分别放在左右兜里，这才放下心来。然后拿出一支带过滤嘴的香烟点上。我觉得她已经不会再伤害我什么了……

这时夫人端来了红茶，也自顾自地抽起了烟。

"那么，我可以问你了吧……可以告诉我你的目的了吧。"

"啊，那我就直说了吧。有点不太值呢，也许这件事情并不值这么多钱。哈哈哈哈……"

"没有关系，请告诉我吧。"

"也不是别的。刚才我说过，和你认识很久的 C 国大使格拉德斯，不久前回国时给我看了一件有趣的东西。说起来也是你识人不清啊。"

"确实是我的不幸。"

"的确如此。夫人可能不知道，这位 C 国的格拉德斯大使可是一位猎奇高手呢。那个格拉德斯给我提供了一个很好的素材，作为回报，我给他介绍了一个有很多稀奇玩意儿的俱乐部。不知夫人是否已经猜到了。"

"这个嘛，恕我不知。"

"这样啊，那就让我来告诉你吧。据格拉德斯的说法，像你这样兴趣怪异的女人，哪个国家都应该有一两个，她们会不知不觉地陷于兴趣中无法自拔。当然，其中你是最为特别的一位。而且，格拉德斯说夫人目前已经深陷于自己的兴趣之中了。"

"已经深陷……"

"是的，证据就是格拉德斯给我看的，一包用白纸包裹的指甲。"

"指甲……"

"是的。看起来像是从不同少年手上剪下来的指甲屑，足有十二三人的样子。我已经说到这个份儿上了，夫人应该想到了吧。"

"哦，那这些指甲和我有什么关系呢？"

伯爵夫人虽然这样说着，但脸色却不觉阴沉下来。她摘下戒指，将双手并列在桌子上，眼睛出神地望向远处。

我看向她目光所及之处，冷笑着继续说道："夫人突然不说话了，让我不知该如何接下去。"

伯爵夫人正视我的脸说："我……我也不知道该说些什么。"

"还是让我来说吧，你还要隐瞒多久呢。同行之门道，内行人一看即知。"

虽然我是用斥责的语气说的这些话，但事实上，我完全不知道这些指甲屑究竟有什么意义。

一听我这样说，夫人突然有了反应。原本看着我的夫人的脸突然红了，眼睛也开始熠熠生辉。

"哈哈哈哈，我知道了。你应该是从那个女佣那里打听出来的吧。你不用再说了。既然你已经知道了，我也就不再藏着掖着了。"

伯爵夫人的语气突然急迫起来。她坐在椅子上，伸出左手从身后的书架里拿出一瓶装满蓝色液体的酒瓶和杯子。

"你也要来一杯吗。哈哈哈……不喝算了，那我就不客气了。虽然你知道了一些事情，但却只知其一，恐怕不会了解我的心态。算了，还是我来告诉你好了。"

伯爵夫人的话逐渐多了起来，她将蓝色液体倒满这个杯子，然后一饮而尽。接着她长吐了一口气，那芳香浓郁的酒气扑面而来。

那一瞬，我凝视着夫人的脸。按照她刚刚的态度，我几乎可以想到她想说的话。

"真是的，还是逃不过你的眼睛。我专门收集那些少年的指甲屑，都放在对面桌子的抽屉里。我听说欧洲的贵妇们在偷情的时候将这个当作护身符，以确保奸情不被泄露。没想到格拉德斯竟然趁我睡着偷走了其中一包。应该是他想要独占我吧。哈哈……"

说完她又向我吐了一口酒气。我的身体不自觉地僵硬了起来，心脏也扑通扑通跳得很快。

"伯爵过世之后，我就郁郁寡欢。也许是得了病吧，我开始喜欢女扮男装外出活动。我戴上鸭舌帽，戴上墨镜，穿上西装后，整个人都变了。我参加了歌剧的首演，还在会上与你擦肩而过，你应该不知道吧。"

我点点头，确实没发现。

"之后，我看见了一个在街头流浪的英俊少年，就将他带回家。给他洗澡、剪发，给他穿上好看的衣服，他好像也很高兴被带到这里……我原先只是想要他的指甲，才带他回家。没想到那个少年竟然缠上了我，我实在受不了了，只好让他喝下了毒药，然后将他埋葬在地下室的古井中。这里地下室的古井非常深，而且盖得很紧，只要修建一个通风的烟囱，就不会被人发现。那个烟囱是我特别设计的，任何人都不明所以，但还是被你发现了破绽。哈哈，已经是很久以前的事情了，现在里面的尸体已经不计其数。你所认识的那个女佣也在里面。哈哈哈。"

听到这里，我感觉全身的血液都在往下沉，有种说不出的兴奋和恐惧，使我的身上冷汗直流，全身动弹不得。

她所说的每一个字都散发着美丽的气息。她刚说完就猛然起身，走到床边，雪白的双手在枕边摸索，不一会儿就取出一本布面的巨大画册。可能是画册比较沉重吧，她好像捧着坚硬的石头一样走到我身边，把画册放在我的腿上，亲手翻开封面给我看。

坦白说，那本厚重的画册放在我腿上的时候，我才发现双腿正不住地颤抖。当我翻开画册时双手更是不听使唤。我刚刚意识到，传说中的变态杀人魔居然就在我眼前。我被引诱掉入了杀人魔的圈套中，却还不自知。

夫人站在我身边，嫣然微笑地俯视着我，好像是在嘲笑我的懦弱，又好像是向我施压，命令我要绝对服从。

我被这股妖气裹挟着，试着用僵硬的手指重新扣紧了左右手手套的纽扣。鬼使神差、战战兢兢地翻开了那本精装的厚重画册。

那是历史画的巨匠——梅泽狂斋的作品，正是实施暴虐的图集。那些美人正遭受各种残酷刑罚，有鞭刑、绞杀、煎烙、炙烤、蒸煮、撕裂，以及被当作食饵喂给野兽等，场面极为残酷、惨烈、阴森，用色却又鲜艳紧密。每一幅画都令人痛苦不堪，甚至于不忍心再翻阅下去。

"哈哈，真是令人感动啊！正是这本画册教会我这些的。严格说来，还要感谢我那死去的先生。正因为他的去世，才让我享受到一般女人无法享受的乐趣。我的先生曾经是那么爱我。所以我开始学着模拟这本画册的时候，就感觉先夫的灵魂就在这个房间里，微笑地守护着我。"

"嗯……"我喃喃地说。同时我感到脑中一座高高耸立的玻璃山开始崩落，并轰然倒塌。

"啊，终于安心下来了。哈哈哈，我总算是都说清楚了。"

伯爵夫人的声音像神明一样从高处散落下来。

我开始全身颤抖。

闭上了眼睛。

趴伏在画册上。

我不知道究竟发生了什么事，也不知道应该怎样写出来。

我只记得当时头好像喝醉了一般晕晕的。

但对夫人说过的话却记忆深刻。

在此期间，有一件事始终忘不了，那时我如醉汉一般固执己见，无论如何都不肯摘下左右手戴的黑色手套，即使夫人冷冷地讥笑我是胆小鬼。

最终我还是脱下了手套。接着就看见夫人递给我一把外国制的银色十字形短刀。她一边用锋利的刀尖对着我，一边大笑的情景让我记忆犹新。

"你是想让我自杀吗？"

我站在房间中央，全身不住地打颤。我这副没有骨气的样子，和伯爵夫人躺在床上的模样，全都清楚地映在房间深处的大镜子里。

"你误会了，我希望你能杀了我。"

"哈哈哈，你的意思是你想死吗？"

"嗯，是的。"

"为什么？"

"因为我已经破产了。"

"你说什么……这是真的吗？"

"给你的那些钱就是我仅存的财产了。今夜本就是我最后的放纵。"

"你……你骗人。"

"我并没有骗你。我最希望的事就是死在你的手上，然后借由你的笔将我的秘密公之于众，以祭奠我罪孽深重的一生。这也是我一直期待的事。"

"哈哈哈哈，哈哈哈哈。"

"够了，我是认真的。你不知道我一直在焦急地等着你来让我解脱。"

"呃……"

我一边握着短刀，一边思考夫人话中的意思。但脚下蓝色的地毯和脚边散落在地毯上的餐盘和食物似乎在我眼中摇摇晃晃的，让我无法集中注意力。

我在耀眼的水晶灯下，回望镜子中的自己，那张醉得发白的脸正张着嘴笑着。

"哈哈哈……好，那就杀了吧。"

说着我握紧短刀，摇摇晃晃地走向躺在床上的伯爵夫人。

坑鬼

大阪圭吉

一

在室生岬顶端那片荒芜的灰色山脉中，有一座运行已久的泷口矿坑，隶属越煤矿公司，近两三年来正呈现出一片欣欣向荣的景象。黑色的触手已经延伸到地下五百尺，抵达了半英里之外的海底。公司把大部分事业都赌在了这处煤储量六百万吨的煤矿上，人和机器都紧张地连轴转个不停，日夜毫不松懈地劳作着。然而，海底煤矿危险得距离地狱仅一步之遥。事业越是繁荣，地底的空洞就越大，危险系数也就随之增加了——人们正在一片片地剥掉那隔开地狱的薄薄的地壳。

只有在泷口矿坑这近乎疯狂的世界里，才会出现这样令人吃惊的怪诞情形。刚到 4 月份，天气尚冷，地面上残留着季节的痕迹，积雪深深地藏在山体的褶皱中，北国凛冽的寒风终日阴冷地肆虐着；而在五百尺的地下，却是一个酷热难当、一丝不挂的裸体世界。在这黑暗之中，有半身沾满煤灰、只剩眼睛发光的男人扛着鹤嘴锄走过，又有推着煤车、腰系花布条的裸体女人像鱼一样忽地钻出来。

　　阿品和峰吉这对夫妇就产生于这粗野的黑暗世界中。好像每个矿坑都是这样，两人一组，男的负责采矿，女的负责搬运。两个年轻人有一片专属采矿区域。那片班组长难以察觉的黑暗，如蜜糖般时刻包裹着他们二人。然而，在这个不允许例外存在的世界里，两个人的幸福则难以持久。

　　那天早上，冷风挟着地下水的雾气，直吹到竖井底部。

　　收到第二张工作票的阿品推着刚倒空的煤车，沿着长长的坑道回到了峰吉的采矿区。煤矿矿坑是一座散发着黑暗气息的地下之城。明亮的砖砌广场通过两个竖坑与地面相连，抽水机和通风机无休止的轰鸣声、工程师手中丁字尺的敲击声以及监工的笑声夹杂在一起，在这座黑色都市的心脏肆意横行。从那里延伸出来的一条宽阔的水平井可以说是这座城市的主干路，而水平井左右两边的几个片盘坑，则相当于贯通东西的道路。另外，设置在各片盘坑的类似梳子齿般的采煤坑，则是南北向的支线道路。从主干路到支线道路，经过了几个交叉点，阿品越来越接近峰吉的采矿区，脚步也越发轻快了。

在经过片盘坑的途中，阿品遇到了貌似外出巡视的监工和工程师，之后就没有再碰到公司里的其他男人，经过了最后一个交叉点，她一个急转弯跑进了峰吉的采矿区。

峰吉正如同往常一样，在黑暗的坑道里等待着她。阿品一脚踢开煤车，浑身是汗地投进了这个男人的怀抱。被紧紧拥抱着的阿品感到如在梦中，恍惚地望着黑暗中独自驶向远方的空煤车车架后部悬挂着的那盏昏黄不定的安全灯。

简直像做梦一样。事后，她被多次调查当时的情形，而且自己也反复思索过。然而，当时的情形虽然清晰地印在脑海里，却又如同梦中的记忆一般虚无缥缈。

阿品的安全灯留下了当时在黑暗中相拥的两人，淡淡地照在煤车的下部，如同礼貌回避一般，摇晃着远去了。可就在此时，不知道是不是因为在轨道上撞到了鹤嘴锄之类的东西，正在驶向采矿区深处的煤车发出了一声刺耳的巨响，随即开始剧烈震动，安全灯瞬间从钉子上脱落，掉在了轨道上。

和其他煤矿一样，泷口矿坑发给矿工们的安全灯也是狼牌安全灯。这种安全灯在使用的时候，为了规避明火，需要竖坑入口处岗哨警卫所持的磁石才能开关。不过，若是在使用上缺乏注意而倾斜放置或者发生破损的话，则无法确保其安全性。

时运不佳时，人力不可为。由于阿品的安全灯挂在煤车尾部，而且空煤车尚在行驶，因此煤车后部产生了复杂的气流，猛烈地卷起了沉积在地面上的那些细微的可燃性炭尘。这完全是一场偶然，可就在那一瞬间，所有的不利因素都具备了，一直以来象征着二人幸福的安全灯在这里突然发生了令人意想不到的重大事故。

瞬间，女人感到眼前有无数的镁被点燃了。猛烈的气压比声音更先冲击向她的耳朵、脸部和身体。她迷迷糊糊地意识到无数泥砾似的东西正噼里啪啦地砸在自己的脸上，不由得一个趔趄。她发觉火焰正迅速沿着四壁蔓延向采矿场深处，于是立刻恍恍惚惚地向着片盘口踉跄奔逃，但又马上意识到"峰吉呢"？回头一看，男人也背对着鲜红的火焰，如影随形地跑了出来。

火焰已经燃烧至煤块，接二连三地点燃了被卷起的炭尘，火势迅速蔓延。阿品听着身后男人凌乱的脚步声，看着地上两人明晃晃的影子，感到些微的安心，但还是继续拼命逃跑。不知道是不是被轨道的枕木绊了一下，身后的影子突然倒了下来，可眼前已经能看见片盘坑的灯光了。

然而，当阿品踉踉跄跄地跑到灯下时，悲剧发生了。逃到片盘坑的阿品被那里复杂的轨道交叉点绊倒，回头一看，听到爆炸声赶来的监工已经站在了她刚才跌倒的采矿区入口，开始关闭设置在那里的坚固的铁质防火门。差点就被关在里面的阿品松了口气，茫然四顾之下，忽然发现事态严重——最重要的男人峰吉还没有逃出来！阿品连忙一个箭步跃起，紧紧抓住了监工正在插上防火门闩的手臂，却挨了监工一耳光，脸上火烧火燎地疼。

"蠢货！火烧过来怎么办！"监工怒斥道。

阿品脑海中闪过因慢了自己一步而被关在门内的峰吉挣扎的身影，再次一言不发地朝监工扑了过去，但被随即赶来的工程师狠狠地抱摔在了坑道上。接着，安全员赶过来之后，监工立刻跑去拿用于封堵防火门缝的黏土。在这种情况下，比起一两个人的性命，大家更在意的是不要引燃其他矿坑。这是煤矿一直秉持的处事原则。

起火的矿坑前面开始有男女矿工聚集。大家都赤身裸体地挤在一起，只有工程师穿着条绒裤。矿工们看着被工程师和安全员控制住的疯了似的阿品，又发现到处都不见峰吉的身影，瞬间明白发生了什么，脸色变得苍白。

一对上了年纪的男女冲了出来，他们是在隔壁采矿区工作的峰吉的父母。父亲被工程师用力一推，默默地坐在了那里。母亲却如同疯癫一般，咯咯地笑了起来。有个矿工上前，把被摔昏在铁轨上的阿品抱了起来，他就是父母双亡的阿品唯一的亲人——哥哥岩太郎。

岩太郎抱着她，用憎恨的眼神看着工程师们，不久，转身消失在了喧闹的人群中。

监工拿了一个竹篓，里面装满了黏土。接着，两名矿工也抱来了同样沉甸甸的竹篓。安全员立即拿起铁锹，开始封涂铁门的缝隙。

其他矿坑的工头们和接到紧急通知的矿坑主任一起赶到了现场。这时，工程师和监工正在一边指挥工人们进行封涂作业，一边驱散吵闹的人群。

"回采矿区！开始采矿！"

被呵斥的矿工们有的推着没运完的煤车，有的重新拿起了鹤嘴锄，不情不愿地散开了。随着激动的矿工们四散离去，留在铁门前的人们才露出了如释重负的神情。

　　仅仅损失了一个矿坑而已。况且，只要像这样做好密封，这个矿坑内的火焰就会因为缺氧而熄灭。采矿区就像是在煤层中横着挖出来的井，在紧闭的铁门之外，连一个能让蚂蚁爬出的洞都没有。

　　封涂工作很快就完成了。此时刚好是上午 10：30 分，可以推测起火时间应该在 10 点左右。在封涂作业完成时，坑内貌似已经被烧透了，导热性良好的铁门被烧得通红，让人感到热气逼人。刚抹上的黏土开始从薄的位置逐渐干燥变色，形成了无数不规则的细小龟裂。

　　工程师、安全员和监工都感到一种令人毛骨悚然的不安。不一会儿，闻讯而来的巡警在事务员的陪同下赶了过来。矿坑主任不情愿地边吐着唾沫，边领着巡警走向广场处的办公室。工头们把呆坐在地上一动不动的峰吉的父亲拉了起来，带他离开了现场。

　　监工开始指挥工人们善后。在火熄灭之前，这个着火的矿坑没有任何用处。不，主要是人们根本无法靠近这里。

　　火势由工程师负责监测。每个采矿坑都有一个通风用的粗铁管。留下的这名工程师会从铁门的缝隙处取下一部分黏土，切断起火矿坑的通风管和片盘坑里更粗的通风管的连接，并对铁管切口处被高压排出的热气进行分析。

不时会有运煤工推着煤车从轨道上咣当咣当地经过。片盘坑在喧闹过后突然陷入寂静。黑暗中，峰吉母亲那疯癫的笑声如水汽般漫卷而来。

地下广场作为这座黑色地下城的玄关，已经恢复了往日的宁静。泷口矿坑在这个夏天必须出产十万吨煤炭，不能因为一点儿小事故就耽误全局，哪怕是一分钟也不行。黑暗中，工头们的眼睛闪闪发光，煤车、背篓、水泵、电扇响个不停。可是在办公室里，主任却很不高兴。

他盘算着在起火后的二十几分钟内，有多少辆煤车停在片盘坑里，又有多少名矿工放下了手里的鹤嘴锄。还有，起火的矿坑内到底烧毁了多少吨煤炭还是个未知数。除非进行实地调查，否则恐怕连估算都估不出来。于是，他派一名事务员去检查火势。接下来，他还得调查起火的原因，看看这些损失由谁来负责。于是，矿坑主任命令另一名事务员去把成功逃生的女人带过来。之后，他才回过头来看向闲在一旁的巡警，好像自己是矿务局监察官似的。

"真麻烦啊，但也没什么大不了的。"

封死一个矿工或许不是什么大不了的事情。但是，真正严重的事情此时才刚刚开始。刚才被派去调查火势的事务员回来报告称，那位名叫丸山的工程师被人杀害了。

二

工程师的尸体倒在距离防火门稍远的片盘坑一角，貌似是在检查热气时遇害的。正前方的坑壁上，被切断的起火坑排气管被用铁丝悬挂在坑道支柱上，踏台上杂乱地放置着各种分析用的仪器。

尸体俯身而卧，头部流出的黑色液体在泥土上闪闪发光，硕大的伤口让后脑处濡湿的头发乱成一团。凶器很快就被找到了，是位于尸体脚边不远处石头大小的圆角煤块。主任看到以后，立刻默不作声地抬头看去。不是塌方，但即使不是塌方，也能造成这样的伤口。

在五百尺深的地下，气压相当高。在地面上，即便人从一千尺的高度跳下，尸体也大多会保持原貌。但人一旦从竖井坠入五百尺深的地下，就会摔得令人惨不忍睹。塌方的可怕之处也正在于此，即便是偶尔坠落的小碎片，也能把人的手指像砸鸡蛋一样砸个粉碎。对于了解这点的人，并不怀疑一个煤块就能把人砸死。于是，主任立刻扔掉手中的凶器，苍白着脸瞧向监工。

僵在当场的安全员这时才开口说道："事故发生后，浅川先生去巡视，而我去把铁锹放回工具间，没想到会发生这种事。"

监工叫浅川，而安全员姓古井。起火后，二人的情绪尚未平复下来就又遇到了这样的事情，难免有些惊慌失措、心神不定。然而，失魂落魄的不只是这两个人，连平时处事镇静的主任也慌乱不已。

起火的矿坑只有一处。可是，在查明损失程度之前，重要的工程师就莫名被害了。在气氛紧张的矿坑谋生许久的主任在乎的不是有人被害，而是工程师被害，从这个角度讲，他比谁都慌张。

但是，主任很快就露出了坚决的表情。

"到底是谁干的呢？你应该心里有数吧？"巡警好整以暇地问道。

"有数？那是自然。"主任不耐烦地说道，"在这次火灾事故中，有一名矿工没来得及逃生，被封死在起火矿坑内。虽然很可怜，但却没法获救。而在封填工作中，率先行动的正是丸山工程师，由此可以做出推断。不，就算没有明确线索，嫌疑人的范围也可以大致划定。"

"没错，就是这样。"监工附和道。

监工是公司直属的"特务"，也是利益最忠实的走狗，表面上是跟着主管现场的主任工作，但实际上他拥有并不亚于从工程师升迁上来的主任的势力。

巡警点了点头。监工继续说道："而且，如果是毫无关系的人，恐怕也不会多管闲事吧……那个矿工是叫峰吉吧？"

一旁的事务员点了点头。

主任又接着说："把那家伙的父母，还有那个逃出来的女人带到办公室来。对了，那个女人有个哥哥对吧？把他也一起带过来。"

"无论如何，要彻底调查峰吉的亲人。"监工说道。

巡警和事务员消失在黑暗中之后，主任走到起火矿坑紧闭的铁门前，靠在那里站定。

密闭灭火法很奏效，矿坑内的火势貌似已经减弱，铁门几乎不再通红了。可是，倘若此时急着开门，恐怕会让火场得到新的氧气供给，使即将熄灭的火焰复燃。

主任"啧"了一声，对监工说道："能帮我把立山坑的菊池工程师叫过来吗？还有，你先去各采矿区巡视一圈，然后也来办公室一趟。"

立山坑与泷口坑隔着一座山，位于室生岬的中部，是同一公司的姊妹坑。那里除了专属的工程师，还有同时负责泷口和立山两个矿坑的总工程师菊池。监工跳上一辆刚好经过的煤车，消失在黑暗中。

人群散去后，寂静再次降临。黑暗中，对面的水平坑道那边传来峰吉母亲的笑声，但似乎很快就被拉走了，只传来一阵煤车吱嘎吱嘎的声响。左片盘的工头拿来一张草席，在主任的指示下，盖在了工程师的尸体上。

安全员站在被剪断的通风管前面，摆弄着工程师未完成的工作，忽地起身说道："主任，好像有瓦斯逸出。"

"你懂这个吗？"主任微笑着说。

"虽然不是很了解，但可以从气味判断。火好像已经熄灭了，但似乎由此产生了有害气体。"

主任靠近铁管附近，皱着眉说道："嗯，得赶紧连上片盘铁管，把这些瓦斯排出去才行。没错，通过味道可以判断出来。那么，你就随时检查一下瓦斯的排放状况吧。我要去调查一下矿工，不过，菊池工程师应该很快就过来了。"

安全员开始连接铁管——主任独自离开了。

广场的办公室里坐着四名犯罪嫌疑人，巡警和三位工头正监视着他们。

不知何时，阿品已经穿好了睡衣，凌乱的头发遮着她的脸庞，靠在壁板上喘着粗气。她的哥哥岩太郎的脸和胸口沾满了泥土，气鼓鼓地瞪着走进来的主任。

峰吉的父亲呆滞地盯着某处，一动不动。母亲的手臂被工头抓住，不时浮现出扭曲的笑容，躁动不已。

主任站在四个人中间，默默环视着嫌疑人们。

"峰吉的家人都在这里了吧？"

"是的。其他都是不相干的人。"一名工头回答。

办公室被隔成了几个房间。主任命令工头把四名嫌疑人分别带了过去，自己和巡警两个人来到隔壁房间坐了下来。

最先被带过来的是岩太郎。

主任向巡警使了个眼色，转身面向岩太郎。他似乎想要大声呵斥什么，却深吸一口气，改了主意，温柔地开口问道："刚才你抱着妹妹去哪里了？"

"……"

"去哪里了？"

可岩太郎却只是面对着主任坐着，像牡蛎般紧紧地抿着嘴，一言不发。

巡警插嘴道："这男人和那个女人都是从仓库那边带

过来的……"

所谓的仓库指的是竖坑外面矿工居住区的仓库。

主任没有搭话，继续对岩太郎问道："我想问问你，事故之后，你直接去仓库了，对吗？"

岩太郎终于抬起头来，直截了当地回答："是的。"

"你确定吗？"主任的声音干巴巴的。

岩太郎默默点头。

"好了。"主任对一旁的工头说，"你先把他带到那边的房间里等着，然后你马上去一趟竖坑，调查一下他是什么时候抱着女人出去的。"

工头立刻把岩太郎带出去了。

下一个被带进来的是阿品。女人一坐下，巡警立即对主任说："要讯问她起火原因对吧？"

主任默默点了点头，对女人说："是安全灯导致的火灾对吧？"

"……"

"起火点是安全灯对吧？"

阿品无力地点了点头。

"是你的安全灯，还是你丈夫的安全灯？"

"我的。"

"那么，到底是怎么起火的呢？请把当时的情况详细说一下。"

阿品迟迟没有回答，良久落下泪来。她低着头，开始讲述当时的情景。就像前文所提到的那样，在此不再赘述。

女人说完以后，主任换了个坐姿，又开口说道："我们以后会去现场重新进行调查，以便验证你所说的是否属实……此外，你当时是被哥哥抱回仓库的，对吗？"

这种问询方式有点牵强。因为阿品被哥哥抱着的时候早已经吓晕了，所以她自己应该也不记得是不是被岩太郎直接抱回了仓库。但是在主任看来，这种情况下，阿品和岩太郎十分可疑，于是他想要继续追问。

这时，办公室的门开了，刚才那名工头带着警卫岗的警卫回来了。

警卫头发花白，穿着彩色立领制服，站在门口打量了一下阿品和岩太郎之后，走到主任面前："是这两个人吗？他们确实在 10 点 20 分到 10 点半之间乘吊篮出了坑。"

"什么？ 10 点半之前出去的？"

"是的，我很确定。当时出去的只有这两个人，所以我记得很清楚。"

"是吗？那么，在刚才他们被带过来之前，没有任何人下过矿坑吧？"

"那当然。其他看守也都知道。"

"是吗？好吧。"

警卫离开之后，主任和巡警对视了一眼。起火坑刚好是在 10 点半封涂完毕的，而那时丸山工程师还活着，已经出坑的岩太郎和阿品不可能杀害他。这样一来，四个嫌疑人就有两名同时排除了嫌疑，还剩下两个人。

主任先把岩太郎和阿品留在休息室，然后把峰吉的父亲叫了过来。

"当时你究竟被左片盘的工头带去了哪里？"

每当这位双目无神的老矿工讲话的时候，腹部就会出现深深的横纹。"你问工头就知道了。"他说。

左片盘的工头正在食堂吃午饭，主任令人立刻把他叫了过来。

"当时是你把这个男人从起火坑前带走的吧？之后带到哪里去了？"

"这老头啊，"工头笑着答道，"他当时都吓瘫了，于是我带他去医务室了……刚才我去医务室拿草席的时候，他才能勉强站起来……护士也很伤脑筋呢！"

"原来如此，"巡警插嘴道，"那么，等他能站起来以后，就不知道去了哪里吧？”随后转头对主任说：“这家伙很可疑！方才我在片盘坑的入口处看到他和他的疯老婆逗留在那里，就把他带了过来。他离开医务室以后，到刚才被我发现之前，不知道在哪里做了什么？”

“不，你误会了。”沉默许久的主任突然说道，“我的确不知道他在能走路之后到方才被找到为止，在哪里，做了什么，不过……”

主任转身问工头：“你去拿草席之前他一直都没起来对吧？而你拿草席的目的是盖住丸山工程师的尸体，是吗？”

“是的。”

主任转身对巡警说：“丸山工程师被杀的时候，这个男人还瘫在医务室里呢。他当时瘫倒在起火坑前，被带进了医务室。之后，工程师被杀，工头去取盖尸体用的草席。那时，这个男人才能在医务室里站起来。也就是说，丸山工程师被杀的时候，这个男人还正给护士添麻烦呢。被吓得瘫软的人是不可能来片盘坑杀人的。我知道了，凶手已经查明了。去把那个疯老太婆抓起来！”

巡警立刻起身跑进隔壁房间，当着岩太郎和阿品的面，不容分说地就要把峰吉的母亲绑起来。

可是，此时发生了一件诡异的事情。这件事彻底颠覆了主任坚定不移的推断。

在这里要说明的是，遇害的丸山工程师平时对工作非常严格，因此矿工们都有点怕他，干部们也对他敬而远之。但是，他绝不是那种会因私人恩怨而被杀害的人，唯独这次封死矿工的事件可能会使他受到怨恨。于是，主任把所有可能因峰吉被封死在坑内而对丸山工程师怀恨在心的人都找了过来，逐一调查之后，真相似乎终于要水落石出了。而且，对于与安全员和工头一道将峰吉封死在坑内的丸山工程师，这四名嫌疑人应该都怀有强烈的恨意。无论他们的嫌疑是否被洗清，都要被关押在办公室，在巡警和工头的看守下接受调查。在这期间，除非发生什么变故，否则没有人能脱身。

话说回来，正当峰吉的母亲被认定为替子报仇的凶手，即将被巡警逮捕的时候，办公室外面传来一阵令人不安的吵嚷声，紧接着，浅川监工打开玻璃门冲了进来，看也不看室内的情形，气喘吁吁地对主任说："安全员古井被杀了！"

三

　　像船员、矿工这类从事体力活的人，他们内心深处有常人无法想象的谨慎、胆小和杞人忧天的一面。就像船员们对大海抱有奇特的迷信，总是将大海神秘化一样，矿工们也相信在矿坑内吹口哨必定会惹怒山神，使人遭遇塌方的厄运，死在矿坑里的人，其灵魂会一直留在原地作恶，等等。所以，当矿坑里出现血案的时候，矿工们会在现场拉起一条绳索当作驱邪的印记，从而缓解大家的恐惧心理。这种奇特的做法已经成了普遍的习俗。

　　今天，泷口坑的片盘处已经拉起了发白的绳索。可讽刺的是，在本应已经被绳索净化过的防火门前，再次发生了命案。片盘的男女矿工们在昏暗灯光的笼罩下，远远地围在封闭着的采矿区防火门前那两具尸体的四周，这奇异的情景与上一次全然不同。

　　安全员的尸体被拗成 V 字形，抛在被草席盖住的丸山工程师的尸体旁边，貌似是在检查瓦斯排出情况时被人从后面推倒的，连踏台也翻倒了。尸体旁边有一块比工程师遇害时更大的煤块，上面沾着血迹。可能是他在倒地之后又遭受了煤块的重击。尸体的后脑勺到脖颈有一道很大的伤口，左耳几乎面目全非了。可以推断，案件发生在主任把安全员独自留在起火坑前自己回到广场的办公室之后，到监工去给立山坑的菊池工程师打电话，并顺便吃完午饭回来检查未完成的工作之前。凶手想必是和上次一样，趁着现场没有煤车经过的时候，暗中杀害了死者。

主任脸色苍白，四下环顾之后，焦躁地驱散了矿工们。

两起案件凶器相同，而两者的共同点还不止于此，安全员和工程师或许有同样的被害原因。在封涂防火坑的时候，听从丸山工程师和监工的指示，直接动手把黏土涂在铁门上的人，不正是安全员古井吗？毋庸置疑，凶手是同一个人，而且他心中充满冷酷的仇恨，一心为惨遭坑杀的峰吉复仇。

然而，主任的推理此时却陷入了僵局。

起初在工程师遇害时，主任以为自己已经掌握了事件的真相，于是把所有可能会为峰吉复仇的人都控制了起来，逐一进行调查。可是，就在对四名嫌犯进行调查的时候，安全员也被人用同样的手法杀害了，而且四名嫌疑人在案发当时都被关在办公室里，未离开半步。那么，难道凶手不在这四个人之中吗？可是，在这些愚笨的矿工中，不可能有人疯狂到为了他人的恩怨而接连杀害公司员工吧。

这件事让主任遇到了意外的难关，顿时如同断了线的风筝一般惊慌失措。

主任在暗中摸索的过程中，好不容易有了一丝曙光，但这道光却如同令人不明所以的磷光，反而让他坠入了惨白的恐怖深渊。

在洗口坑，医务室会对死伤者进行煤矿独有的粗略验尸。一方面，虽说坑道里到处都是电灯，却因为煤尘密布而显得光线昏暗；另一方面，由于坑道的设计仅能让煤车通过，空间相当狭小，也担心会因此而影响煤炭采出率。

接到医务人员已就位、可以前往医务室的通知后，主任决定先把两具尸体移送到医务室。他在驶来的煤车上铺好草席，把尸体放好，自己和监工、巡警一起坐上了后面的那辆煤车。

这时，一名年轻的矿工拿着自己的安全灯和另外一盏熄灭了的安全灯，从片盘坑深处跑了出来。矿工一见到主任，便站定脚步说道："我在饮水站捡到一盏安全灯。"

"什么？捡到安全灯了？"主任惊诧地回头。

在煤矿里，安全灯可以说是矿工们不能离身的生存工具。它不仅能照亮脚边的黑暗，还是一种能让人根据火焰的变化来确认有无爆炸性气体的宝贵工具。但就像前面所说的那样，倘若操作不当，也会导致严重的危险。因此，矿上会在安全灯上标记使用者的编号，入坑的时候，警卫会对此一一进行检查。如今听说有人捡到一盏来历不明的安全灯，主任的神情瞬间严肃了起来。

"几号？"

"WA121号。"

"WA121号？"监工偏了偏头。

主任跳下煤车，对着运煤工扬了扬下巴："你立即去岗哨查一下，问问WA121号矿工是谁。"

"总有人趁乱坏事。"监工说，接着又问矿工，"你究竟是在哪里捡到的？"

"就在饮水站旁边，可能有人喝完水把它落在那里了。"

所谓的饮水站，只是一个接地下水的水瓮而已，位于这个片盘的坑道尽头。那里是片盘坑道的终点，在那里有地窖，还有一片小广场，广场上还有简易厕所。矿工们口渴的时候，可以随时跑过去喝水。

"落在那里？好，查明身份以后就处罚那个矿工。"监工急得大吼道。

主任四下环顾，确认附近的运煤工是否都随身携带着安全灯。当然，没有人会在黑暗中忽略光明。在这种情况下，绝对不可能有所谓的"遗落"。因此，恐怕这盏灯不是被落下的，而是被故意放在那里的。如果是这样的话，说明那名矿工并不需要照明，或者说，有了光亮反而是一种麻烦……

主任正在苦苦思索，刚才的运煤女工没推煤车就跑了回来，一脸惨白地开口："WA121 号是死去的峰吉……"

"什么？"

"那好像是峰吉的安全灯。"

"什么？峰吉的安全灯……"主任瞬间变了脸色，"等等，你是说峰吉的安全灯？"

没想到峰吉的安全灯会出现在这里。如果是峰吉的话，现在已经无法对他实施处罚了。不，与其说罚与不罚，更重要的是本应已经死在起火坑里的峰吉，他的安全灯怎么会此时出现在这里呢？

主任似乎想到了什么，突然面色不善地拿起安全灯对着同样脸色大变的监工颤声道："不管怎样，先离开这里吧。而且，有件事我还要好好想一想，现在完全搞不清楚状况。"

四

　　立山坑的菊池工程师还不到 40 岁，正当壮年，是东大工科出身的才俊。他最讨厌脸色苍白地在桌前苦读，只要一有空，他就会扛起猎枪去追踪熊的足迹。他的脸晒得黝黑，耸肩大笑的时候，响亮的嗓音几乎能把桌面上的图纸震飞。

　　当他接到通知来到泷口坑的时候，巡警已经前往辖区警局寻求支援。主任发现峰吉的安全灯之后，把验尸和瓦斯检查的事抛在一边，愁眉苦脸地把自己关在办公室里。

　　不过，主任见到菊池工程师以后，多少振作了些。他立刻开始向菊池工程师说明起火坑的情况，不知不觉间话题一转，起火事件变成了杀人事件。菊池工程师一开始以为只是来处理起火事件的，但听了主任的讲述以后，不由得被杀人事件吸引了。主任详尽地讲述了丸山工程师被害的情形和四名嫌疑人的情况，以及安全员被杀、峰吉的安全灯突然出现等事件，最后提出了自己在推理中所遇到的重大矛盾，但他并没讲出自己因此而产生的异样的疑惑。

　　"这件事和猎熊一样有趣呢。"

　　听完主任的话，菊池工程师若无其事地笑了笑，但他似乎一时间难以消化这些事情，默然陷入了沉思。

"怎么说呢，突然听到这么诡异的杀人事件，难免有点疑惑。"他顿了顿，又接着说，"不过主任啊，看来你也不厚道嘛。为什么有想法不直说呢？你现在在怀疑什么？当然，我理解这种怀疑是多么的幼稚和荒谬，这种毫无逻辑的想法你或许也说不出口。可是，恐怕你又没有勇气对此一笑置之。您别生气，有个办法或许可以解决你的难题。方法很简单，打开防火门看看就行了。虽然我不清楚当时的燃烧温度有多高，但绝对不可能把人的骨头都烧没了。"

"那倒是。"主任说，"火被迅速扑灭了。但还是发生了瓦斯外溢。"

"你不是在排气吗？那么瓦斯不会残留到现在的，而且我们还有防毒面具。不过……在那之前……主任你……"工程师似乎灵光一闪，环视四周说道，"浅川先生怎么了？"

"浅川？"主任转身瞧了瞧。

旁边的事务员答道："刚才札幌总公司来电，他出去接电话了……"

不过，没多久浅川监工就回来了。菊池工程师简单和他寒暄几句之后，语气一转："浅川先生，我这么说或许有些不合适，不过参与封死矿工的人至少有三名吧？你也是其中之一对吗？"

监工瞬间面如土色。

菊池工程师瞥了他一眼，继续平静地说道："这场杀人事件还没结束呢。看来下一个就轮到你了。可是……"工程师抬起头，急切地说，"您倒也不必担心。因为丸山先生和古井先生都是被煤块砸死的，这就说明凶手并未持有武器。可是，你却可以携带武器，说不定还能抓获犯人呢。因为你已经被凶手盯上了，所以在这种情况下，只有你处于抓捕凶手的最佳位置。而在我们面前隐藏踪迹的凶手，也一定会在你面前露出真面目。"

"没错。"主任说，"不愧是猎熊的高手，真是完美的推理。"

然而，菊池工程师继续正色道："所以我有一个提议，就是让浅川先生携带武器，只身前往犯罪现场附近。当然，我们会在暗中跟随。只要带着武器，就没什么可怕的了。各位意下如何？我认为越早抓住犯人越好。"

主任立刻表示赞成。

监工思忖片刻，站了起来，然后不知从哪里拿来一把在大罢工时期买的短刀，把刀柄在地上敲了敲，说道："那就拜托你们跟住我了。"说完,一脸悲壮地走了出去。

过了一会儿,主任和菊池工程师跟在了监工的后面。可是,当他们通过水平坑来到起火坑所在的片盘坑前时,工程师停下脚步对主任说:"如果在一小时内禁止出入这个片盘坑,会损失多少产量?"

"什么?封锁片盘坑?"主任目瞪口呆。

"没错。"

"别开玩笑了,怎么可能停止作业呢……"

"要是凶手和我们走岔了,逃到这边怎么办?"工程师说,"怎么样?只局限于这处片盘的话,顶多也就损失三十吨左右的产量吧?主任,在这么危急的时刻,这点牺牲还是可以接受的。"

"看来,比起利益得失,你更喜欢狩猎呢。"主任无奈苦笑。

工程师立即拉起片盘坑入口处的防火门,又向水平坑道里惊慌失措的矿工和工头道明了原委,随即和主任一起跳入片盘坑,交代工头从外面关闭防火门并且拴上门闩。这时,恰好路过的左片盘的煤车队伍遭遇了禁行。由于刚刚发生过峰吉被封死的事件,众人立刻骚动了起来。可是,当他们看到和自己一样被封闭的主任与工程师时,立刻明白这并非恶性封闭，而是出于某种原因而禁行，因此骚动渐渐平息了下来。

然而，主任和菊池工程师向偶遇的运煤工们讲明原因之后，便前往片盘坑的深处。可是，他们竟然在封闭的峰吉的采矿区入口附近遇上了完全超出预期的情况。

担任诱饵的浅川监工臂力过人，又持有武器，警惕心很强，而对方没有武器，也不敢露面，按理说应该没有危险。可是，当主任和工程师赶到的时候，监工已经倒在地上气绝身亡了。

尸体仰卧，呈"大"字形，身上压着一块比先前都大的、几乎能覆盖整个上半身的踏脚石般的扁平煤块。这煤块看着不像是从别的地方运来的。在旁边矿壁那不规则的凹凸面上，有一处看起来像塌陷造成的新鲜断裂。路面上，大大小小的煤块七零八落地散落在尸体四周。看来是凶手先击倒了浅川监工，然后又残忍地把最终的凶器砸了下来。

主任不由自主地捡起了监工的短刀，一边四下张望，一边和工程师合力移开了尸体上的煤块。尸体的头部和胸部都被砸到变形，令人目不忍视。

由于两人慢了一步，不但没看到凶手，反倒让宝贵的诱饵丢了性命。虽然是意料不到的危险，却也是一个重大的过失。虽然两人陷入了强烈的自责之中，却不由得被这件事所隐含的明确暗示吸引了注意力。复仇已经完成了。这个连武器都没有，却步步为营地完成了复仇计划的凶手究竟是谁呢？是这个片盘坑内的矿工吗？还是……

主任的视线落在起火坑的铁门上，他走到铁门前伸手一摸，发现门已经完全冷却了。菊池工程师检查了排气管，瓦斯已经被稀释，几乎没有危险了。两人一边咋舌一边合力铲掉了铁门缝隙上干涸的黏土。

不一会儿，黏土就被清理干净了。工程师拉开门闩，用力打开铁门。一股异常温热的气流从黑暗中吹来。两人在安全灯昏暗的光线下，踏进了开放的起火坑。进坑以后，迅速用安全灯照向地面，开始寻找峰吉的遗骨。然而，两人却被一种难以言喻的恐惧所笼罩起来。

没有发现峰吉的遗骨。

两人怎么找都没有找到。两侧的矿壁被烧得墨色斑驳，呈现不规则的形状，搭建成牌坊状的坑木也被烧焦了，地面上流淌着从矿壁渗出的煤焦油，到处散发着异臭。他们一步步往前走着，可是别说峰吉的遗骨了，连一点儿白色骨灰都没有。两人仿佛被什么东西附身了似的，开始在坑道里变得失魂落魄。不久，他们来到了矿区的终点，原本蜿蜒起伏的铁轨严重扭曲变形，烧毁的鹤嘴锄和煤车的车轮散落在附近，空气中还残留着诡异的火光——这里就是起火点。依旧没找到遗骨的两人似乎终于意识到事态不妙，于是畏缩不前了。

最坏的情况终于发生了。之前我们讲过，采矿区就像是在煤层中横挖出来的水井，除了紧闭的铁门之外，连一只蚂蚁都钻不过去。峰吉的尸体应该被封闭在坑内遭火焚烧，就算尸体被烧毁，也不可能连骨头都消失无踪。可这种不可能发生的事情却偏偏发生了。

主任清晰地感知到自己疑惑的一闪念化为了现实，禁不住僵在了当场。

就在这时——

突然，真的是突然之间，从两人头顶或远或近地传来了异样的响声，打破了周围安静的空气，就像是矿壁被摇晃着一样。

咕咚……

咕咚……

两人立即屏息凝神，侧耳倾听。然而这种闷声回响却很快就消失了，四周又恢复了原来的寂静。

不过，长期生活在煤矿里的人们应该马上就能明白那是什么声音。

那是采煤完毕的废弃矿坑在拆毁矿井支柱撤退的时候才会听到的恐怖声音。拆除矿井支柱以后，倘若两侧矿壁有松动，顶壁就会因地压而发生下沉。这种下沉肯定是间歇性缓慢进行的，可是当坑木开始发生断裂，顶壁出现裂缝时，就会听到这种异响。这种声音是塌方的前兆，因此煤矿里的人都很害怕这种情况，称之为"山鸣"。

此刻他们听到的正是山鸣。想必是因为在起火坑内的坑木被烧毁的同时，坑内的气压先在起火时升高，后又随着火势减弱而降低，这就导致两侧的矿壁发生松动，而顶壁也随之缓缓下沉。

主任惊愕失色，将安全灯照向矿壁顶部，却没想到那里有更可怕的东西在等着他。

不知何时，矿壁顶部已经裂开了两三处鳄鱼嘴巴大小的黑色裂缝，而且还有水滴从烧烂的裂缝中源源不断地滴落。煤矿透水了！主任立即伸手接了一滴水，忐忑不安地尝了一下，瞬间跳了起来。

其实在煤矿上，塌方、火灾和透水都是难以避免的，而泷口坑的工作人员们也早就做了完全的防范措施和心理准备，这些危险本应不足为惧。但此时主任舌尖上的这一滴水，却能置整个泷口坑的人于死地。这是无论用任何手段都无法阻止的水，既不是地下水，也不是瓦斯油，而是最普通不过的盐水。

"完了！"尝到海水的主任不禁颤声叫道，"先别管杀人事件了！海水渗进来了！"

不过，面对着眼前严峻的事态，菊池工程师的态度却发生了不可思议的变化。他像站着睡着了一样，开始沉浸在一种放空却又异常清醒的思索中。

"对手是大海的话，就没办法了。"工程师冷然道，"放弃吧，主任。还有足够的时间，还是先冷静下来组织避难吧。对了，你刚才不是说顾不上杀人事件了吗？可能还真是这样。不过，盐水和杀人案绝非毫无关系。主任，请你留心一下那个连裂缝内侧都会烧毁的大裂缝。我好像已经弄清楚事情的真相了。"

五

几分钟后，以密闭的片盘坑为中心，紧张的气氛笼罩了整个黑色地下城。

在濒临崩塌的废矿坑再次锁上重重的铁门之后，主任慌忙跑进电话室，向立山坑的地面事务所以及札幌总公司汇报了海水渗入的噩耗。接着，他又开始着手安排周密的避难准备，以避免有人在狭窄的竖坑出口被压死。

另一方面，菊池工程师开始发挥在猎熊中锻炼出来的胆量，他从出了事故的片盘坑出来以后，重新锁上了那道铁门，然后让水平坑的工头们严把入口。残忍的凶犯就在片盘坑深处的某个地方。在凶手归案之前，任何人都不能从片盘坑出来。建立好滴水不漏的警戒线以后，工程师来到了广场的办公室。

广场上，距离竖井最近的片盘坑的矿工们突然接到了停工的指令，众人不明所以，吵吵嚷嚷地开始准备撤退。主任——吩咐过几个片盘的工头之后，一看到工程师就跑过去说："好了，现在轮到左片盘了，咱们出发吧。"

"请等一下，"工程师出声打断了他，"在那之前，我想先调查两件事。"

"什么？"主任大吃一惊，焦躁地说道，"都这时候了，你怎么还这么不慌不忙的？凶手应该已经被封闭在片盘坑里了吧，我们得赶紧把他揪出来，尽快开放片盘才行。"

然而菊池工程师依旧不为所动。

最后，主任答应工程师过来之前先不让矿工外出，先行前去调查了。

主任的身影消失在水平坑的黑暗中之后，菊池工程师立刻把被控制在另一间房内的阿品叫进了办公室。阿品在经过多轮询问之后，已经能平静地叙述起火当时的情形。

等她讲完以后，菊池工程师加重语气问道："我再问一个重要的问题。当你从起火坑里逃出来，监工、工程师和安全员跑过去关闭防火门的时候，峰吉确实不在场吗？"

"是的，绝对没错。"阿品抬起肿胀的眼皮，坚定地回答。

工程师似乎在整理脑海中的思绪，他闭着眼睛站起身来，向电话室走去。大约十分钟以后他回到了办公室，可能是打了一个长途电话。他回来之后，貌似有所决断，带着阿品走进了水平坑。

主任和两三个工头在一起，拿着刀，大惊失色地站在密闭的片盘坑前，一见到工程师便上前说道："菊池先生，大事不好了！"

"怎么了？"

"太诡异了。凶手根本不在片盘坑内，坑道自不用提，我们搜遍了每一处采矿区、广场和地窖，一个人影都没有。"

没想到菊池工程师却平静地问道："你到坑里去找谁？"

"啊？什么找谁？"主任忙回答，"当然是找凶手了！"

"你从刚才就一直说凶手啊凶手的，你到底认为凶手是谁呢？"

"什么？"主任更加慌乱，"当然是矿工峰吉啦！"

"峰吉？"

话没说完，菊池工程师便露出困惑的表情，沉默不语了。过了一会儿，他才到旁边的煤车上坐下，郑重其事地说道："其实，刚才我和你一起进入这个片盘坑的时候，还不清楚凶手是谁。所以说，虽然犯人确实被关在片盘坑里，但我们并不知道应该找谁，只是抽象地认为是犯人，抓到谁谁就是犯人。可是，我现在已经弄清事情的真相了。"

菊池工程师从煤车上下来，走到主任面前继续说道："主任，看来我的调查结果比你的要更加准确。你对于这件事的判断貌似有很大偏差。你过度拘泥于事件表面所呈现的几个事实，以及由这些事实合成的看似合理的事态，但你却忽视了其逻辑性。一名矿工被封死，而封死他的人陆续被害，犯人又不在矿工家属之中，而被封死的矿工的安全灯又在起火坑之外的地方被发现，调查起火坑又没有找到矿工的尸体，甚至连遗骨都没有……综合考虑这些事实，你一定产生了一个合理的怀疑，即那名被封闭的矿工通过某种方法死里逃生，来到了坑外，并向那些封闭自己的人寻仇。可是，这种推测并非依托于逻辑，只是对事实的单纯解释而已。无论这种解释具有多么丰富的暗示，但却无法解释凶手如何从密不透风的坑中逃出。"

"那你怎么看？"主任愁眉苦脸地问道。

工程师继续说："那我就长话短说了。我在起火坑内没找到矿工遗骨的时候，就有了新的想法。首先，坑里连骨头都没有，这说明峰吉一定从什么地方逃了出去。可是，关上防火门没多久火就熄了，而且除了防火门，坑里绝对没有能出去的通道，这就是说峰吉一定是从防火门逃出去的。然而防火门的门闩在外侧，缝隙里干燥的黏土也没有剥脱的痕迹，这说明，防火门自关闭后至我们刚刚打开为止，绝对没有被开启过。那么，难道说峰吉在我们开门之前就逃跑了吗？基于这个新观点，我尝试着验证其他事实。这个可怜的女人当时一边听着后面男子的脚步声，一边冲出了起火坑，跑出去之后才松了一口气。回头一瞧，听到爆炸声赶来的浅川监工已经关闭了防火门。接着，工程师和安全员也来了，他们开始封涂黏土……关键来了，请听好。峰吉应该是在防火门关上之前跑出去的，所以他必须在女人逃生后、浅川监工关闭防火门前逃出来。也就是说，当时他和死里逃生的阿品、关上防火门的浅川监工共存在

193

同一个空间内……"

"等等，你说的话我没有完全理解。"主任眉头紧蹙，打断了菊池工程师的话。

工程师毫不在意地继续说："你理解不了也难怪。我也是细细梳理之后才搞清楚的……当然，发生这么一件怪事也是造化弄人。"说着，他转头问站在一旁的阿品："我还有件事要问你……刚才你说，当你推着煤车回到自己的采矿区时，在黑暗的坑道里遇见了总是在那儿迎接你的峰吉，便扑进了他的怀中……可那个男人真的是峰吉吗？"

阿品闻言倒吸一口冷气，瞪大了眼睛。

"你说峰吉总是在黑暗中拥抱你对吧？可是那个在黑暗中拥抱你的男人，的确是峰吉吗？"

"……是的……"

"那么我再问你，当时峰吉戴着安全灯吗？"

"没有。"

"那你的安全灯呢？"

"挂在煤车后面。"

"这样说来，安全灯的光亮被车架挡住，照不到前面，而只能照到车后的地面……你丢下前进的煤车投入了峰吉的怀抱，那么就算煤车开到峰吉的面前，灯光也照不到他的脸。等煤车驶过以后，车尾的安全灯照过来的时候，峰吉是背对光线的。你怎么知道那就是峰吉呢？"

"……"

阿品神情疑惑地低下了头，脸上浮现出难以掩饰的不安。

工程师转而对主任说："你大致明白我在想什么了吧？不，或者应该说，我只能这么想——起火时，峰吉压根不在坑内。"

"等一下，"主任插了句话，"这么说，她在黑暗中抱住的男人不是峰吉？"

"没错。峰吉既不在外面，也不在坑内。只能这么解释了。"

"那么，那个男人究竟是谁呢？"

"他跟在女人身后跑出来，而且没有被留在坑内，所以，他绝对是那个在女人身后、在防火门前的男人。"

听到这个令人意外的结论，主任目瞪口呆，但马上提出了异议："倘若依你所言，整个事件也并未得到解决。比如说，若是峰吉在起火时不在现场，那他到底去哪里了？"

"这个嘛……"工程师顿了顿又说，"到这一步，我们必须用新观点来看待另一件事实。换句话说，你原本认为，饮水处的安全灯是逃脱的峰吉嫌拿着去杀人会碍事才丢弃的。可是，我对这盏灯出现在饮水处的解释是，起火时峰吉不在坑内，他去喝水了。"

"原来如此。也就是说，峰吉与火灾完全无关，与封涂作业也无关了。那么，为什么没有被封闭的峰吉还要去陆续杀害那些与自己无仇无怨的人呢？"

"看来你仍然拘泥于先入为主的观念啊。"菊池工程师苦笑着，双手交握，颇为不耐烦地来回踱步，"到目前为止，我的推理尚未涉及凶手的身份。在此，我们要查明另一个事实。仔细思考一下此次的杀人事件，三起杀人事件表面看起来各不相关，事实上却存在几样有趣的关联。"

"首先是凶器，三人都是被煤块敲击致死的，看起来似乎没什么问题，但事实绝非如此。主任，你知道统计过的矿工杀人事件中，凶器多数是什么吗？是铁锤和鹤嘴锄。对矿工来说，手边没有比这更结实的武器了。而且，鹤嘴锄和安全灯一样，都是矿工人手一个、随身携带的重要工具。"

"然而，在这次事件中，凶手竟对每名受害者都使用了煤块。再综合考虑凶手在整个事件中使用的阴险手法，我认定这是一个除了煤块以外找不到合适凶器的人，也就是说，凶手不是矿工。"

"话说回来，你觉得这次事件中的受害人们之所以被杀，是因为被封死的矿工而招致怨恨。可事实上并没有人被封死在坑内，所以这种推测是不成立的。当然，三名死者都误以为峰吉被封死在坑内了，所以遭到了死者家属的怨恨。可是，凶手并不在死者家属之中。"

"那么，受害者之间没有其他共同点了吗？有的，我不久前才注意到这一点。受害者都是为了尽快开放起火坑而检查灭火情况和瓦斯排放时被杀的。换句话说，他们的工作被打断了，阻碍了你想要尽快开放起火坑调查火因的想法。更确切地说，凶手希望在某个时间点之前，让你看不到起火坑的内部，所以必须要延迟起火坑被开启的时间。"

"等一下。"主任再次出声打断了工程师的发言，"凶手到底不想让我看到什么呢？刚才咱们俩调查起火坑的时候，不是没发现任何与杀人事件有关的东西吗？"

"发现了呀，主任。我们不是在那个起火坑里有重大发现吗？本应被封死的峰吉不见了，更大的发现是，矿顶的龟裂和盐水！"

听到这句话，站在附近的矿工们开始骚动起来。海水渗进来了！对矿工们来说，之前的杀人事件比起这件事来简直是小事一桩。

工程师目光如炬，一边拨开众人，一边对主任说："请打开片盘的铁门，然后把煤车全部推走。"

不久，几个工头连忙合力把沉重的铁门左右拉开，片盘坑里瞬间传来了矿工们的吵嚷声。汗津津的女运煤工们裸露着的皮肤呈小麦色，闪闪发光。

她们把煤车推出来的时候，工程师上前说道："请各位把煤炭倒在这里，然后立刻离开。"

听到工程师奇怪的命令，女人们瞬间愣住，面面相觑，随即看到一旁的主任默默点头，才莫名其妙地按照工程师的指示去做了。

泷口坑的煤车都是翻斗式的，只要打开车架上的插销，煤箱就会立刻弹起。运煤工依照工程师的指示，一一将煤车推出，把煤倒在地上。转眼间就堆成了一座煤山。不过，当第十二、十三辆煤车卸煤的时候，发生了一件令人震惊的事情。

从煤箱里倾倒出来的煤炭中，一个浑身煤灰、赤身裸体的男人摔了出来。他跳起来，不知所措地环视着四周。

主任见状叫道："啊！是浅川监工！"

那正是本该已经被煤块砸死的浅川监工。

浅川突然扑向主任。工程师立刻抢过主任手中的短刀，用刀背狠狠砍向浅川。

监工倒下以后，菊池工程师带着吓得魂不守舍的主任和阿品，瞥了一眼吵吵嚷嚷的矿工们，坐着煤车进入了开放的片盘坑。不久，他们到了起火坑前面，工程师冲着躺在那边的"浅川监工"的尸体扬了扬下巴，对阿品说："你好好辨认一下，虽然他被换上了浅川的短裤，但这身材你应该眼熟吧？"

女人起初战战兢兢地站在尸体前，过了一会儿，她慢慢蹲了下来向尸体望去，目光灼灼地打量起那张难以分辨的脸孔。之后，她忽然发出一声怪响，抱起尸体，回头用沙哑的声音说："是我家峰吉！"

六

此时，泷口坑里的众人皆因工程师的那句话受到了强烈的冲击。矿工们开始从一号坑陆续出坑，其余那一半左右的矿工们，在得知海水渗入的事实以后，也不再服从管理了。人们扔下煤车，撇开鹤嘴锄，潮水般涌向竖坑。广场的办公室里，不知从哪里打来的电话响个不停。负责泷口和立山两处矿坑的地面事务所派来的救援队，在广场上和想要逃跑的矿工们发生了争执。

跳上最后一辆煤车，急急忙忙赶往竖井口的路上，主任不解地问工程师："也就是说，杀死丸山工程师、安全员还有峰吉的凶手就是浅川监工？"

菊池工程师默默地点了点头。

"那么，最后被杀的峰吉在遇害前都做了什么？"

"峰吉是第一个被杀的。"

"第一个？"

"是的，应该是在饮水处遇害的。监工把峰吉的尸体扔进了旁边的地窖，然后去采矿区纵火。"

"什么？纵火？"主任不由得反问道。

"是啊。如果你认为火灾只是一个意外事故，那就大错特错了。浅川把峰吉的鹤嘴锄放在铁轨上，在黑暗中抱住女人，利用夫妻俩的习惯和女人的安全灯点燃了煤尘。真是阴险至极的手段。这样一来，就算日后监督局来调查起火的责任，也不会查到他头上。"

"可是，他为什么要在采矿区纵火呢？"

"因为这个。"菊池工程师提高了音量，"我刚才说过，在那片采矿区中，存在着在某个时间点以前绝对不能被人发现的东西。所以他才故意纵火，不让任何人入内。然后，也出于同样的原因，杀害了想要开门进行瓦斯检查的丸山工程师和工头。或许你想问我，为什么我们能顺利打开那扇门呢？那是因为那个时间点已经过去了，而且又来了一个像我这样难缠的人。之前，大家的思路正中浅川监工的下怀。不过我来了以后立即提出，如果凶手是为被封死的峰吉报仇，下一个被害的一定是浅川监工。于是，他无奈之下只好将峰吉的尸体移出地窖，伪装成自己的被杀现场，然后偷偷钻进煤车，企图冲破森严的警戒线，逃离这处没用的洸口坑。"

"等一下。"主任插话，"你刚才说浅川监工不希望别人知道矿顶有龟裂，而且还有海水渗入吧。可是，这些和杀人事件毫无关联，况且当采矿区着火的时候，矿顶还没出现异样呢吧？"

"别开玩笑了。海水渗入和这次杀人事件有着密切的关系。主任，矿顶的异变早就存在了，只是由于起火而变得更加明显。或许是因为那里的地壳比预想的薄吧。而且我不是早就已经提醒过你了吗？请好好回忆一下，裂缝的内侧都被烧烂了，也就是说，不是先被烧后裂开，而是裂

· 201 ·

开以后被火焚烧。没错，浅川监工最先发现了裂缝和滴落的盐水。"

"原来如此。可是，为什么他早就知晓危险的存在，却还要瞒着我们呢？还有你所说的时间点指的是什么？"

"这正涉及本案的动机。监工一发现海水渗入便立即向某方面报告了此事。或许对方为了不泄露这个可怕的事实，承诺在某段时间内给他相当丰厚的报酬。所谓的某段时间内，你应该也心里有数吧。我到达这里的时候，札幌那边不是有人给浅川监工打过电话吗？一定是那样，一定是。这个想法没错。我为了验证自己的疑惑，刚才果断给小樽的证券交易所打了电话。你猜怎么着？从今天上午11点左右，中越煤矿的股票就开始大幅波动。刚好是11点左右哦。主任，比起现场的我们，公司的董事们几个小时前就已经知道泷口坑的命运了。"

工程师说完，出神地望着办公室的灯光，仿佛在思索尚未解开的谜团。

然而，不到十分钟，一股异样的巨响突然席卷了整个泷口坑，向竖坑口逃窜的人们惊在当场。

不久，坑边的排水沟里不知从何处涌出了大量的浊水，水势完全无视那四台灼热的多级涡轮泵，一寸两寸地溢了出来……

蜘蛛

甲贺三郎

　　辻川博士那座诡异的研究室位于落木萧萧的榉树林之中，像要和那些树争高似的，矗立在离地三十多尺的支柱上。研究室是一个直径约十五尺、高九尺左右的圆柱形，屋顶为圆形，同样大小的窗户按一定间隔分布在侧面。经过一年多的风吹雨淋，白墙已经变成了斑驳的灰色，整体乍看之下如同一座丑陋的灯塔或是陈旧的消防瞭望台。此时，我正感慨地仰望着它。

　　一年前，身为物理化学泰斗的辻川博士突然辞去了大学教授一职，开始专门从事与自己的专业领域完全不同的蜘蛛研究，曾引起世人一片哗然。尤其是当博士在东京郊外的这片荒地上建造了这座像消防瞭望台一样的研究室，并且在这栋离地三十尺的圆柱形建筑里闭门不出时，有不少人认为他疯了。其实我也搞不懂他要做什么，多少有点吃惊。

然而，博士本人则对世人的非议和嘲笑不以为意，只顾着孜孜不倦地研究蜘蛛。他在研究室里放置了上百个饲养箱，收集了无数种蜘蛛，用心地观察蜘蛛的习性，等等。不到半年，博士的这间奇异的研究室里就收集到了来自世界各地的各种稀奇古怪的蜘蛛。

过了半年，健忘的世人早已忘却了窝在研究室里研究蜘蛛的博士。直到有天晚上，辻川博士的友人、大学教授潮见博士来访，并从研究室坠亡，这里才重新引发了人们的热议。当时，甚至有许多好奇的人专程来这所研究室想要一探究竟。而辻川博士自然不会让人轻易进入室内，所以这些人只能在地面上仰望这座三十多尺的圆塔来满足一下自己的好奇心。

可是，不久人们也忘记了这件事。辻川博士再次闭门不出，潜心研究蜘蛛。但这种情况并未持续太久。一个月前，博士不慎被热带毒蜘蛛咬伤，濒死状态的他满口胡言乱语地被送到了医院，昏迷一周后最终身亡。这让人们又议论了一阵子，但也并未持续多久。随着博士去世，也就没人再关注这所奇特的研究室以及生活在其中的数百只蜘蛛了。

那时，我在大学的动物学教室担任助教，具备一些节肢动物的专业知识，所以博士有时会找我咨询有关研究的事情。如前所述，辻川博士是世界级的物理化学专家，但他在动物学方面是个外行，因此像我这样的人对他的研究也算稍有帮助。

不过，我也只是在一开始能帮上忙而已。像博士这样拥有卓越头脑的人，在短时间内就能轻松习得大量知识，这是我力所不逮的。我曾问过他一两次，为什么放弃物理化学专业，突然转而研究蜘蛛，他却笑而不答。

让遗属们头疼的是如何处理这所研究室。除了这座建筑需要处置，更主要的是研究室里的上百只蜘蛛，实在是让人束手无策。据说那些蜘蛛里有能夺人性命的毒蜘蛛，遗属们无人敢接近，便把处置工作交给了略懂专业知识的我。于是我今天独自来到了这里。

我踏着满地的落叶，走进了这座奇特的建筑，感慨地仰望了一会儿这座圆塔，随后登上了陡峭的钢筋水泥楼梯。爬上去以后，有一处比一张榻榻米稍大一点儿的平台，研究室唯一的入口正敞着门。虽然楼梯和平台与圆形的研究室紧挨着，但它们是分开建造的，中间隔着一道窄小的缝

隙。（这件事虽然微不足道，却是后文的重要伏笔，故而在此特别一提）

我走进了研究室。

我曾在博士生前多次出入于此，对于专攻动物学和节肢动物门的我来说，应该很熟悉这里了，可我却不由自主地打了个寒战。

在沿着墙壁一字排开的箱子里，盘踞着许多八脚怪物。有大型的鬼面蜘蛛、带蓝黑条纹的黄色络新妇、腿有身体十几倍长的长足蜘蛛、背上有黄色斑点的幽灵蜘蛛、罕见的木村蜘蛛；此外，还有户立蜘蛛、地蜘蛛、叶蜘蛛、平田蜘蛛、小金蛛等。由于已经一个月不曾进食，它们极度消瘦，一双双贪婪的眼睛闪闪发光。再加上饲养箱没处理好，已经有些逃脱的蜘蛛们在天花板和房间角落织了网，还有好几只蜘蛛在墙上和地板上怪模怪样地乱爬。

我给自己鼓了鼓劲，小心翼翼地检查了饲养箱的状况。还好那只热带毒蜘蛛被完好地关在饲养箱里。由于博士被发现的时候已经奄奄一息，嘴里像念咒语一样嘟囔着什么，也不知道他是怎么被蜘蛛咬到的。总之，看到毒蜘蛛没有逃走，我就放心了。然后，我开始认真检查房间的各个角落，包括书架、书桌背面、地板缝，等等。因为我担心有毒蜘蛛在我不知情的情况下逃出来藏在某处。

我并没发现逃出来的毒蜘蛛，然而当我在检查博士常用的书桌的背面时，发现了一个通电的开关。如果说是电灯或壁炉的开关，装在这里就很奇怪，诧异之下，我试着按了两三下，屋里的电灯果然没亮，也不知道这是什么开关。

我有点累，于是掸了掸房间中央博士常坐的安乐椅，坐下来点了一支烟。窗外高大的榉树向天空伸展着扫帚般的枯枝，透过树枝能看到一片晴空，冬日的午后阳光照进房间。

望着袅袅的烟雾，我呆呆地想着博士生前的事情。他是个阴险又不善交际的人，因此，虽然他在学术上颇有建树，却被同为学者的同僚们所厌恶，尤其是那位潮见博士，他为人活泼豁达，辻川博士与他难以和睦共处。由于辻川博士个性阴郁，在潮见博士面前总感觉受到压制。虽然潮见博士本人可能没什么想法，但辻川博士貌似对潮见博士有些成见。然而辻川博士始终都把这种情绪隐藏在心里，面上未曾表现出不快。

想到这里，我忽地回忆起半年前的夏末时，潮见博士从研究室的台阶坠亡的事件。那天晚上 7 点左右，我被辻川博士叫到了研究室。那时辻川博士正窝在我现在坐着的安乐椅上，和对面的潮见博士口若悬河地讲着什么。辻川博士的语气与平时不同，异常兴奋，仿佛换了个人似的高声大笑。他一见到我就立即起身，让我坐在旁边的椅子上，并介绍我认识潮见博士。（潮见博士背对门口而坐，面对着他的辻川博士朝向门口，因此我一进去辻川博士就看到了。由于潮见博士的位置和后续事件发展有关，故而在此一提）

然后我们三人便一同谈笑风生。前面曾经提及，辻川博士那天与平时有异，格外开朗，再加上有位能说会道的潮见博士在场，使得平时与辻川博士单独相处时常常无话可说的我也在不知不觉中被他们吸引，从而畅聊了一番。那时，我对潮见博士那言谈饱含讥讽却不失风趣的伶俐口齿钦佩不已，看到辻川博士随声附和的样子，不禁觉得两人不合的说法根本是讹传。（然而这只是我浅薄的误解）

我们滔滔不绝地聊了两个小时。突然，潮见博士一跃而起，把我吓了一跳。只见他脸色煞白，一边尖叫一边扑向身后的门口，奔出了房间。由于事出突然，我完全没反应过来发生了什么事，只依稀看到一只罕见的蜘蛛，可能它从地板上向潮见博士的脚边爬了过去。

"那是户立蜘蛛的一种，潮见可能误以为它是毒蜘蛛吧。"当时辻川博士指着地板上的蜘蛛如此说道。（后来我也是对现场搜查的警察如此做证的）

但我当时并无余力去细听，因为在潮见博士冲出屋外的同时，伴随着一声惨叫，传来了什么东西扑通落地的声音。我吓了一跳，想出去看看。然而辻川博士却慌忙抱住我，急道："危险，楼梯太陡了！"说完，他一下把我拉了回来，自己先跟了出去。

就像后来报纸上详细报道的一样，潮见博士冲出去以后，在楼梯上一脚踏空跌落，摔下去的过程中头部被撞到两三次，当场身亡。两位博士平日里关系不好，所以前来现场调查的警察询问得非常仔细。不过，我做证说当时两位博士本来在和和气气地谈笑风生，潮见博士之所以突然冲出屋外，完全是因为他误以为爬到脚边的蜘蛛是毒蜘蛛，可它并不是。潮见博士自己看错，才会从楼梯上跌落，这属于个人过失，而非辻川博士的责任。因此，辻川博士并没有受到任何责难。然而，此事件被各家报纸大肆报道，包括辻川博士从大学突然离职转而投身非本专业的蜘蛛研究，以及躲在三十多尺高的圆塔中的事情，都被大书特书，极大地激起了大众的好奇心。为此，研究室楼下还曾经聚集了许多来看热闹的人，就如之前所说，这让辻川博士格外不快。后来，辻川博士并未放弃蜘蛛的研究，仍然把自己关在研究室里。可是我听说他最近精神状态貌似有点不好。

在这间奇特的圆形研究室里，我置身于丑陋的蜘蛛群中，不由自主地沉浸在对已故辻川博士的追思中。恍然回神，才发现不知不觉中桌上的烟灰缸里已经塞满了烟蒂。惊讶于时间的流逝，慎重起见，我又起身重新检查了一遍蜘蛛饲养箱，并且在心里拟定了一个处理这些蜘蛛的方案。这样，我来这个研究室的目的就达成了。于是，我静静地拉开了研究室唯一的那扇门，正要迈步，却险些从三十多尺高的地方摔下去，我尖叫颤抖着抱住了门——本应位于门外的平台和楼梯竟然消失得无影无踪，实在令人难以置信！脚下是三十多尺高的支柱的圆形水泥地基，仿佛在引诱我往下跳似的，冷漠地横在我面前。

我揉了揉眼睛，重新瞧了瞧，发现这并不是错觉。我环顾室内，发觉除了此处并无其他出口。关上门之后，我跌跌撞撞地走进屋，从每一扇窗户往外看。你猜怎么着？楼梯平台和楼梯就在第三扇窗户的下方。

我心下一片茫然。只要从窗户跳出去，我就能下楼，而不用被关在这座诡异的塔里。可是，在短短一个小时的时间内，钢筋水泥制成的楼梯竟然发生了移动，这也太匪夷所思了。

我呆呆地站了一会儿，突然想到一件事，便开始目不转睛地观察从窗外射进来的阳光，以及那棵耸立在窗外的大榉树。

我明白了！原来，这间圆形的研究室是以支撑它的支柱为轴静静地旋转的。我忽然想到，方才我进屋后不久在桌子后面发现了一个奇怪的开关，还曾按动了几下，本以为已经将它恢复原位，却不想关闭了电路，一定是这样才导致这座直径十五尺的钢筋水泥圆塔开始旋转的。我目测了一下塔身的旋转距离，楼梯大概移动了十五尺，角度为一百二十度左右，时间约为一小时，那么转三百六十度的话差不多要用三个小时，即旋转一周。

我本想立刻关掉开关，但转念一想，还是让它转完一圈复位比较好，就没多做处置。我又坐到了房间中央的安乐椅上，开始静静地思考博士为什么要将这间研究室设计成旋转的样式。

我猛然想起一件事，这个想法实在可怖，让我不由得浑身战栗。为此颇为头疼的我站起身来，在房间里发了疯似的走来走去。之后，我开始在房间里乱翻一气，急切地想要找到某样东西，因为我想知道辻川博士的秘密。他的秘密一定就藏在这间研究室里的某处。

我像疯了一样到处乱翻，终于在书架背面找到了一处暗格，在那里发现了已故的辻川博士的日记。我用颤抖的手唰唰地翻着内页，果然在其中发现了博士的秘密。

＊　＊　＊

×月×日

自从我决心杀死 S 以后，已经过了三个月了。最近我终于想出了一个计划。我认为没有必要为了让良心过得去而为自己寻找正当理由，我非要杀掉 S 完全出于主观因素。我只需要欺骗世人就行了，完全没必要欺骗自己的良心。

倘若我对 S 的杀意稍有动摇，只要稍加回忆他对我施加的无数次有形无形的侮辱就可以了。无论是我们二人独处，还是公开场合，S 总是会假装诙谐地嘲笑、轻蔑、压迫和咒骂于我。无论他自身是否意识到这一点，这对我来说都是无法忍受的侮辱。然而，由于我怯懦又不善言谈，对他高调的能言善辩根本无力抵抗，只能一直扮演一个任人取笑的角色。而世人只注意到他的雄辩和诙谐，每次哄堂大笑之余，却无人发现作为受害者的我正暗中咬牙切齿。

不，事到如今，我没必要再絮絮叨叨地写这些了。结论很简单：我恨S，恨到要杀了他的地步。这是不争的事实。问题是，我该如何杀掉他呢？

在过去的三个月里，我研究了所有的杀人方法，但是没有一种方法能隐蔽地一击必杀。

唯独有一种杀人方法尚算有趣，是我在外国短篇侦探小说中看到的。

小说里面，一个叫A的男人非要杀死一个叫B的男人，A在某栋大楼的一楼和顶层的相同位置各租了一间房，并且装修得一模一样。如果人突然被蒙上眼睛带到其中一间房里，在取下眼罩的一瞬根本不知道自己在几楼。

某晚，A把B带到一楼的房间之后，突然绑架了他，并谎称这个房间设有自动爆炸装置，将在30分钟后的9点整爆炸。A还威胁B说，到时候他会被炸得粉身碎骨，随后就用安眠药把B迷晕了。然后，A把昏迷的B带到了事先准备好的顶楼房间，把钟表设置到8点55分，接着就关上门跑了。这时候，钟表必须要设定在特定的时间，因为不确定B什么时候会醒来。

后来，B 突然醒转，发觉自己被捆住了手脚，幸而绳索有点松，于是他迅速挣脱出来。此时，他想起了 A 威胁自己的话（他自然以为自己还在一楼的房间里），看了一眼钟表，竟然已经 8 点 55 分了，距离爆炸只剩下 5 分钟！他狼狈地扑到门上，门却纹丝不动。他又冲到窗边，还好窗户开着。他以为自己在一楼，便猛地跳了出去，结果瞬间血肉模糊地横死街头。

　　这个办法很巧妙，可是细细想来，要想在顶楼和一楼相同的位置各租一间房，还要装修得完全一样，很难不引人怀疑。况且，把一个昏昏沉沉的人从一楼搬到顶楼而不被任何人发现也并未易事。此外，这个方法还有一个致命缺陷——其结果完全是偶然的，全无必然性。也就是说，倘若 B 醒来之后能像 A 所希望的那样慌乱倒还好，可是，如果他冷静地观察一番便会识破时钟是静止的。另外，他在开窗的时候很可能会发现自己不在一楼。最可怕的是，一旦计划被识破，A 很可能会因为 B 的证词而面临杀人未遂的指控。

　　于是，我对上述方案进行了改良，那就是完全不胁迫 B。只要不胁迫他，就算杀人计划失败了，我也不用负任何责任。

×月×日

我按计划辞去了大学的工作。郊外研究室的工程也进行得很顺利。起初，我本打算将住宅的一部分改建成研究室，这样做更方便经常邀请S来。不过，我担心在人口稠密的市区会有人识破我周密的计划，于是选择了不方便的郊外。

×月×日

研究室终于落成了。我认识一个可靠的人，绝对不用担心他会泄露研究室的秘密，而设计施工的人员也都认为这种设计是研究所需，没人想到我会为了杀人而安装这样的装置。

×月×日

最终我决定研究蜘蛛。其实我原来打算用蛇，但蜘蛛类也有剧毒的品种，于是我决定利用蜘蛛。

×月×日

今天夜里，我偷偷地测试了一下，效果不错。一开始我担心的是转速，因为我们在做匀速运动的时候，如果没有其他参照物，是完全察觉不到的。而对一些低等动物而言，即便有其他的参照物也没什么用。例如，苍蝇之类的昆虫，可以纹丝不动地停在奔跑的马背上。捕蝇器就利用了苍蝇的这种习性。也就是说，只要在安静旋转的木片上涂上苍蝇喜欢的东西，苍蝇就会停在木片上。在缓缓旋转的木片把苍蝇带到无路可逃的盒子里之前，它是完全察觉不到的。

不过，人类在没有外在参照物的情况下，是否会察觉到匀速运动呢？如果是真正的匀速运动，应该不会感觉得到，但人为的匀速运动则让我有点担心。所以，我只好将转速调到最慢。人能很清楚地识别出秒针的运动，然而就算是秒针的运动也难以在一瞥之下辨别出来。因此人在确认怀表是否在走的时候，往往不会用眼看，而是会用耳听。

至于分针的运动，可以说几乎无法识别。由于手表的正面有刻度，所以只要盯着看两三分钟，就能看出分针指向的刻度发生了些微的变化。而如果没有刻度的话，或许就察觉不出了。至于时针的运动，就更无法识别了。于是，我把转速设置为每三小时旋转一周，效果非常好。

×月×日

我又将计划做了一处改良。原本我打算和 S 两个人单独在研究室见面，可只有我们两个人的话，我担心会有人怀疑是我把 S 推下去的。要是把目击证人安排在室外的话，研究室的旋转可能会被识破。所以我必须选择晚上动手，那时外面没人走动，而且从窗户也看不见外面。既然目击证人不能安排在室外，我便决定让目击证人待在研究室里。而在这个方案中，当 S 如我所愿坠楼之后，我还要想方设法地避免让目击证人发觉研究室的旋转。不过，人在遭遇意外的时候会很狼狈，所以只要趁机把研究室复原的话，应该不会被人发现。

　　× 月 × 日

　　我终于成功了。我把 S 请来款待了一番。可悲的是，他还不知道自己已经死到临头了，依然一边揶揄讥讽我，一边谈笑自若。我戏谑地告诉他毒蜘蛛的可怕之处，还说最近有一只逃出来了，至今不知去向。他听了之后感到很害怕。不一会儿，曾在大学动物学教室担任助教的 K 来了，我悄悄开启了机关，让研究室慢慢转了起来。一切都神不知鬼不觉。为了不让人发现，我拼命地找话题。S 和 K 应该也多少留意到我与平时有点不同吧。

　　我算准时机，放出了一只提前踩在脚下的户立蜘蛛。蜘蛛慢慢地爬到了 S 的脚边。S 被毒蜘蛛的话题吓得面色惨白，猛地站了起来，奔向门外。（也有可能 S 以为我放毒蜘蛛是为了杀他。他应该多少察觉到了我对他的怨恨，因为他跑得也太拼命了。）这时，门应该和楼梯平台只有一点儿距离。但哪怕只有一点点距离，也足够成事了。他一脚踏空摔到楼梯中间，又弹起来跌到地上，当场死亡。我的目的就此达成了。而且，就算他没有当场死亡，也不能说是我杀的。目击证人 K 可以证明我没有杀意，是 S 自己害怕蜘蛛才尖叫着往外跑，不小心从楼梯跌落致死的。在 K 惊慌失措的时候，我趁机把研究室恢复了原状，还加快了旋转的速度，不过 K 好像丝毫没有注意到。

× 月 × 日

一群傻瓜在研究室楼下吵吵嚷嚷。但凡有一人能识破我的计谋倒也罢了，结果一个都没有。

× 月 × 日

S 死了。事实就摆在眼前。只是，S 的死并没有让我感到预想中的快慰，反而觉得心里空落落的。我本打算杀掉 S 以后就不再研究蜘蛛了，因为我想学校死了一名教授，一定会来请我回去的。可是学校方面却没有任何行动。虽然有点遗憾，但我也觉得很难放弃对蜘蛛的研究。

× 月 × 日

大学那边没有任何消息。我重新开始潜心研究蜘蛛。

× 月 × 日

今天入手了两只热带毒蜘蛛，一公一母。

×月×日

我总觉得蜘蛛在诅咒我。我养的蜘蛛们都用侦探似的眼神盯着我。

×月×日

我被诅咒了！没想到那只热带毒蜘蛛是 S 的鬼魂。看它那双眼睛，眼神和 S 浑身是血地躺在研究室楼下时的眼神一模一样。那家伙变成毒蜘蛛了！

×月×日

我不会认输的。不过是只毒蜘蛛罢了。S 也真是的，一个被人杀掉的窝囊废，竟然变成了蜘蛛。那就放马过来啊。我要和你斗到底。我要欺负你，打败你。可是那眼神让我开始有点害怕蜘蛛了。是眼睛，可怕的蜘蛛之眼。

×月×日

蜘蛛的眼神好可怕。我在这间房里怎么样都睡不着。好，明天一决胜负吧。瞧着吧，我会把 S 这只毒蜘蛛彻底毁灭。

* * *

恐怖的蜘蛛日记至此结束。读完日记的我吓得浑身发抖。回过神来以后，发现有成百上千的蜘蛛从排列在我周围的饲养箱中爬了出来，正从四面八方向我靠近。我不顾一切地扑到门边，推开门竟然看到楼梯重新出现了，忙飞也似的跑了下来。

　　之后数日，我都高烧卧床。期间，那诡异的研究室起了火，里面的东西被完全烧毁，数百只蜘蛛也尽数被烧死。警方推测是乞丐或流浪汉进去生火导致的。我至今仍在想：要是没有起火的话，那座怪异的圆塔应该会永远旋转下去，永远不为人所知吧。

地狱变

芥川龙之介

一

　　堀川的侯爷这样的人物，恐怕是前不见古人，后不见来者。风闻他出生前，太夫人曾梦见大威德明王①站在自己的枕边有所启示，反正生来就好像与众不同。侯爷的所作所为，无不出人意表。简而言之，瞻仰了堀川府邸的规模，说它宏伟也罢，豪壮也罢，似乎有我们这些凡人无论如何难以想象的气势磅礴之处。亦有纷纷加以谴责者，把侯爷的品行与秦始皇和隋炀帝相比。那不啻是谚语所说的盲人摸象吧。按侯爷的本意，绝不主张只顾谋求个人的荣

---

　　① 大威德明王是佛教五大明王之一。

华富贵。他有着体察下层诸事，说得上是与天下人同乐的宽宏大量。

因此，即使遇到二条大宫①的百鬼夜行，侯爷大概也不会格外耿耿于怀。东三条的河原院以模仿陆奥盐釜的风光而闻名。据说左大臣融②的亡灵夜夜出现。只要侯爷予以申斥，就连此亡灵也必定失去踪影。由于他威风八面，也难怪当时京师男女老少，一提到这位侯爷，将他完全当作佛陀转生，无不肃然起敬。一次，侯爷出席大内的梅花宴后打道回府，途中，拉车的牛脱了缰，撞伤了一位过路的老人。那老人竟双手合十，庆幸自己被侯爷的牛撞了。

由于这种情况，侯爷此生流传后世的话题不一而足。有一次宴请宾客，仅白马就赏赐了三十匹。他曾把他宠爱的侍童作为长良桥的桥柱予以活埋。他还叫秉承华佗医术的震旦僧侣为他腿上生的疮开刀。诸如此类的逸事，简直不胜枚举。众多逸事中，最可怕的一桩莫过于如今已成为

———————————

① 二条大宫在京都市中京区。

② 融（822—895），嵯峨天皇之子，赐姓源，成为公卿。其府邸叫河原院，位于京都六条坊门以南，万里小路以东。院内仿松岛盐釜的景致，营造了庭园。每天运来海水，放在釜内烧，含盐蒸气升起，形成一景。源融因皇位问题被杀，据说从此夜间常闹鬼。

府邸里的珍宝的"地狱变"屏风之由来了。就连平日轻易不动声色的侯爷，唯独那时似乎也不禁震惊了，何况随侍左右的我辈，只觉得魂飞魄散，这就不消说啦。其中尤以我而言，侍候侯爷二十年来，从未见过如此惨烈之事。

然而，讲这个故事之前，有必要先交代一下那位画了地狱变屏风、叫作良秀的画师之事迹。

二

提起良秀，至今也许还有人记得他。他是个闻名遐迩的画师，以至于那时有执画笔者无一胜得过良秀的说法。发生那档子事的时候，他恐怕已年届五十。他貌不惊人，身材矮小，瘦得皮包骨，像是个心术不正的老者。而他前往侯爷府邸之际，通常穿一件淡红透黄的礼服，头戴黑漆软帽，形容猥琐之至。不知怎地，嘴唇红得显眼，与老人不般配，令人不快，觉得实在像头野兽。有人说，那是由于舔画笔，黏上了红色颜料。很难说到底是怎么回事。不过，个别嘴更损的人，说良秀的举止动作像猴子，甚至给他起了个外号叫"猴秀"。

说起"猴秀"还有这么一段故事。那时，良秀那个年方十五的独生女在侯爷府上当小侍女。她跟父亲一点儿也不像，是个妩媚可爱的姑娘。而且可能是由于年幼丧母，她小小年纪就懂事，聪明伶俐，善解人意。太夫人以及其他侍女似乎都疼爱她。

一次，有人从丹波国①献上一只驯化了的猴子。正值淘气年龄的小公子给它起名"良秀"。它的模样本来就滑稽，又有了这么个名字，所以府邸里的人没有不乐的。光是逗乐倒也罢了，大家半开玩笑地起哄说：哎呀，它爬上了院子里的松树，哎呀，它弄脏了屋子里的铺席，每次都大声呼叫"良秀，良秀"，反正就是想要捉弄它。

一天，前文提到过的良秀的女儿拿着系有一封信的红梅花枝走过长廊。小猴儿良秀大概扭伤了脚，没有劲头像往日那样蹿上廊柱了，从远处拉门那边一瘸一拐地拼命逃过来。小公子边喊"偷蜜柑的贼，站住！站住！"边抢起一根树枝追赶。良秀的女儿见了，好像迟疑了一下。这当儿，逃到跟前的小猴儿拽住她的裙裤下摆，哀叫不休。她大概突然抑制不住恻隐之心，一手举着梅枝，一手把衬以淡紫色里子的紫色长袖轻轻一甩，温存地抱起猴儿，向小

① 丹波国是日本旧地名，大部分划入现在的京都府，一部分属于兵库县。

公子弯了弯腰，用清脆的声音说："恕我冒昧地奉告，它是畜生。请您高抬贵手吧。"

可是，小公子是负气追来的，就沉下了脸，跺了两三下脚：

"你干吗偏袒。这猴儿是偷蜜柑的贼。"

"它是畜生嘛……"

姑娘重复了一遍，旋即面泛一丝凄笑，豁出去了般地说："而且，良秀长良秀短地挂在嘴上，使我觉得好像我爹在受责打似的，不能冷眼旁观啊。"

这样一来就算是小公子恐怕也只得让步了。

"原来如此。既然是为父亲乞求饶命，那就宽恕它吧。"

小公子不得已丢下这么一句话，遂将树枝就地一扔，朝着原先穿过来的拉门那边径自回去了。

三

从此，良秀的女儿同这只小猴有了交情。姑娘把小姐所赐金铃用漂亮的深红绸带系起来挂在猴子的脖颈上。猴子无论遇到什么情况都轻易不离开姑娘身边。有一次，姑娘患感冒卧床，小猴就一动不动地端坐在她的枕边，似乎面泛戚色，连连啃自己的爪子。

在这种情况下，说也蹊跷，再也没有人像从前那样欺负小猴了。可不，人们反而渐渐疼爱上它了。到头来连小公子也时常抛给它柿子啦，栗子啦。非但如此，据说某武士踹这只猴子一脚之际，小公子大发雷霆。之后，侯爷可能是由于风闻小公子动怒，这才特地召良秀的女儿抱着猴子到自己跟前来。估计姑娘疼猴子的来由也就势自自然然地传到他耳里。

"孝心可嘉。予以褒奖。"

按照这般旨意，当时赏赐给姑娘一件红色袙衣①作为奖励。然而，据说猴子看样儿学样儿毕恭毕敬地捧起这件袙衣拜领，致使侯爷格外高兴。所以，侯爷偏爱良秀的女儿，完全是出于赞赏她爱护猴子的孝顺恩爱之情，绝非世间说三道四的那样，系好色所使然。当然，此等流言蜚语亦在所难免，且待以后慢慢诉说。此处只陈述一点即足矣：对方再美貌也充其量是一介画师之女，侯爷不是那种会倾心于她的人。

且说良秀的女儿露了脸，从侯爷跟前退下来。她本来

---

① 袙衣也作衵衣，本系中国古字。

就是个伶俐的女孩，因而也未引起其他粗俗的女侍们的嫉妒。从此，她反而跟猴子一道动辄受到疼爱，尤其可以说是不曾离开过小姐左右。小姐乘车外出游览，一向少不了由她随从。

　　不过，暂且撂下女儿的事，下面再谈谈父亲良秀。诚然，尽管猴子像这样不久就博得了大家的欢心，但是良秀照旧遭到众人的嫌弃，背地里仍被贬作猴秀，而且不仅是在府邸里。说实在的，一提到良秀，就连横川①的僧都②也憎恨得脸色都变了，仿佛遇到魔障似的。（话虽如此，有人说这是由于良秀画过僧都行径的谐谑画。毕竟是庶民的风言风语，无从证实。）总之，不论去问什么人，他的名声都不好，一概是这种调子。倘若有不说坏话者，清一色统统是两三位画师伙伴啦，要么就是只知其画而不知其人者。

　　然而，良秀确实不仅外貌丑陋，还有更令人厌恶的坏习气，因此只能归之于完全是咎由自取，别无他法。

---

　　① 横川是日本比睿山延历寺三塔之一。
　　② 僧都是日本僧官的一个级别，其地位仅次于僧正（最高僧官）。

四

他的习气就是吝啬、贪婪、恬不知耻、懒惰、唯利是图，其中特别过分的是霸道、傲慢，总炫耀自己是本朝第一画师。倘若只在画道上倒也罢了，然而此人较起劲儿来，甚至将世俗啦常规啦，非完全蔑视不可。给良秀做过多年弟子的人说，有一天，在某望族的府邸里，大名鼎鼎的桧垣女巫①神灵附体，宣示了可畏的神谕。这当儿，他却充耳不闻，用现成的笔墨仔细画下女巫那副可怕的容貌。多半在他眼里，什么神灵附体只不过是骗娃娃的把戏罢了。

由于他是这么个人，画吉祥天神②时，就把卑贱的妓女的脸画上去。画不动明神③时，则描绘流里流气的差役④形象。不乏形形色色亵渎之举。尽管如此，责备他时，他竟若无其事地扬言："良秀所画的神佛，会对良秀施以冥罚，那才是奇闻呢！"这下子就连弟子们也惊讶到极点，

① 女巫是古代日本的祀神未婚女子。
② 吉祥天神是古代印度宗教的女神，伴有睡莲。
③ 不动明神是佛教里降伏一切恶魔之神。
④ 差役，原文作放免，指典史（原文作检非违使）厅最下级的差役。此词原意是释放（嫌疑犯或刑满者）。由于往往利用刑满出狱者担任此职，故名。

看来其中对未来心怀畏惧，赶紧告辞而去者亦不在少数。姑且一言以蔽之，就称作万劫重叠吧。总之，他认为当时天下再也没有像自己这样伟大的人了。

因此，良秀的绘画达到了多么高造诣，就不必讲了。不过，他的画无论运笔还是着色，都跟其他画师迥然不同。与他不对劲儿的那帮绘师圈子里，好像有不少关于他是骗子云云的评语。据这些人说，凡是川成①啦，金冈②啦，以及其他古代名匠笔下之物，都有美好的传说，比如画在板门上的梅花每逢有月光的夜晚就会发出清香，画在屏风上的公卿吹笛图笛声悠扬可闻。但是，轮到良秀的画，总是只能风传令人不愉快的奇怪的议论。例如，据说该人在龙盖寺的寺门上画了五趣③生死图；深夜从大门下面走过，能听到天女唉声叹气和啜泣的声音。岂止如此，还有人说是闻到了尸体腐烂下去的臭气。又说，后来他奉侯爷之命画了侍女肖像画④，偏偏是入画的人，不出三年，个个像

① 川成即百济川成（782—853），日本平安时代初期画家。
② 金冈即巨势金冈，日本平安时代的宫廷画师。
③ 按佛教，五趣指天上、人间、地狱、畜生、饿鬼。人死后，根据生前善恶，分别被送往这五个地方。
④ 原文作"似绘"，流行于镰仓时代（1185—1333）的肖像画，侧重写生、记录。流传于世的有藤原隆信的《平重盛像》《源赖朝像》等。

是患上失魂病似的死去。用贬评者的话来说，此乃良秀之画堕入邪道的铁证。

然而，如前面所述，良秀是个刚愎自用的人，反倒非常以此自豪。有一次侯爷戏言："看来你这家伙总是喜欢丑恶的东西。"他用不似这把岁数的朱唇令人作呕地呆笑着，狂妄地回答说："正是这样。平庸的画师总的说来无从理解丑物之美。"尽管是本朝首屈一指的画师，竟然胆敢在侯爷跟前如此大言不惭。难怪方才引作见证人的那个弟子，背地里给师父起了个外号叫"智罗永寿"，指责其傲慢。看官大概晓得，"智罗永寿"乃是往昔从震旦渡来的天狗①的名字。

然而，就连良秀——这个不可名状、邪恶刁横的良秀也富于人性，情有独钟。

五

这样说，是由于良秀简直发疯般疼爱他那做侍女的独生女儿。如前所述，姑娘性情非常温和，孝顺爹。而该人

---

① 天狗是一种想象的妖怪，有翼，脸红鼻高，身居山中，神通广大。此处指自吹自擂的人。

对女儿的溺爱有过之而无不及。不论哪座寺院来化缘，他一概不施舍，反而对女儿的衣着啦，发饰啦，却毫不吝惜金钱，添购齐全，岂不是让人难以置信吗。

不过，良秀疼爱闺女，仅仅是疼爱而已，连做梦也没有考虑过不久就招个好女婿。那根本谈不到，倘若有人不识好歹，向姑娘求爱，他反倒恨不得纠集一帮街头的二流子，暗中对其大打出手。正因为如此，经侯爷关照，姑娘当上侍女的时候，做爹的极不满意。那阵子即使到了侯爷跟前，也总是哭丧着脸。风传侯爷倾心于姑娘之美貌，其父虽不同意，他还是硬收作侍女了。这样的谣言多半源于目睹此等情状者的随意推测。

不过，即使该谣传是一派谎言，由于舐犊情深，良秀一直祈望闺女被赐还给他，这乃是确实的。

有一次他奉侯爷之命画了一幅稚儿文殊①。他把侯爷所宠爱的侍童的脸画上去了，画得惟妙惟肖，侯爷无比满意，说了句难得的话："我奖赏给你想望之物。不必客气，尽管提。"于是，良秀正襟危坐，你道他说什么？他竟然大放厥词："请您务必辞退敝人的小女。"

---

① 文殊是梵文文殊师利音译的略称。意译"妙德""妙吉祥"等。佛教大乘菩萨之一，以智慧知名。

倘若是旁的府邸倒也罢了，闺女已经在堀川侯爷身边服侍着了，再疼爱她，也不能如此冒冒失失地辞工呀，哪一国①也不兴这么做。对此，宽宏大量的侯爷也显得不大高兴了。他默默地瞧了一会儿良秀的脸，少顷，啐也似的说了句："那可办不到！"匆匆忙忙扬长而去。

这类事先后有过四五次吧。如今回想起来，侯爷打量良秀的眼神好像越来越冷淡了。至于女儿这方面呢，恐怕也因为每每挂念父亲的处境之故，回到侍女房中的时候，常咬着衫袖抽抽搭搭地哭。所以侯爷恋慕良秀的女儿等谣言就越发广泛地传播开来。其中还有人说，实际上由于姑娘拒不依从侯爷的旨意才是地狱变屏风之缘起。然而，按说根本不可能有这种事。

以我辈的眼光来看，侯爷之所以不肯放良秀的闺女出府，似乎纯粹是由于怜悯姑娘的境遇，宽厚地认为，与其将她打发到如此顽固的父亲身边，不如让她留在府里，过充裕的生活。毫无疑问，侯爷当然偏袒那个性情温和的姑娘。不过，好色这种说法估计是牵强附会。不，更宜说是没影儿的瞎话。

——————————

① 国是日本明治维新（1868年）之前的行政区划名（由几个郡组成，大者相当于现在的县）。

此事且搁置一旁。就这样，由于闺女的事，良秀愈加不受待见了。这时，不晓得是出于什么打算，侯爷突然召唤良秀，吩咐他画地狱变的屏风。

六

一提到地狱变的屏风，我就觉得画面上的恐怖景象已经历历浮现在眼前了。

同是地狱变，良秀所画的与其他画师之作相比，首先画面布局就不一样。在第一扇屏风的角落画着十王①及随从们的小小身姿，此外就是一片恐怖的熊熊烈火，打旋儿翻腾着，简直连剑山刀树都能给熔化了。所以，除了冥官们所穿唐装式样的衣服稀稀拉拉地以黄色或蓝色作为点缀外，到处布满猛烈的火焰之色。其中，宛若佛印的黑烟和扬撒金粉掀起的火星儿在狂舞。

单凭这一点，那笔势就令人望而非常惊异。再加以被

_____

① 十王即十殿阎王。阎王一语，来源于梵文，音译是焰摩罗王，或叫阎罗。印度古神之一。原义为"地狱的统治者"或"幽冥界之王"，谓能判人生前之罪，加以赏罚。中国佛教唐末始有"十王"的传说。分居地府十殿，故名。阎罗王排在第五位。后道教也衍用此说。

地狱之火烧得翻滚受苦的罪人，几乎没有一个是通常出现在地狱图中者。何以会这样呢？要知道，良秀笔下的众多罪人中，上自公卿贵族，下至乞丐贱民，把一切身份的人全都临摹下来了。身着朝服、威风凛凛的殿上人^①，在外衣里面衬了五件夹衣^②的娇媚愣头儿青女官，挂着念珠的念佛僧，脚蹬高齿木屐的侍从学子，穿着长服的童女，擎起币帛的阴阳师——倘若一一数下去，大概是没有止境的。总之，形形色色的人在火与烟的翻卷里，备受牛头马面的狱卒的折磨，犹如大风吹散的落叶，纷纷迷茫地逃向四面八方。一个女子头发被钢叉绞住，手脚比蜘蛛还要蜷缩得紧，兴许是神巫之类吧。一个男子被长矛刺透了胸膛，像蝙蝠似的倒悬着。肯定是没有年功的地方长官。另外，有遭到铁笞击打的，有被压在千人才拖得动的磐石之下的，有被怪鸟的巨喙啄噬的，有被毒龙叼在颚间的——根据罪人数目，惩罚五花八门，不知凡几。

---

　　① 殿上人指五位以上公卿及六位的藏人，他们有资格上皇宫中的清凉殿、紫宸殿，故名。位是日本朝廷诸臣地位高低的标志，从一位到八位共三十级，各有正、从之分，四位以下又有上、下之分。
　　② 原文作五衣，是旧时日本显贵妇女的盛装。在单衣外面穿上套在一起的五件夹衣，再罩以外衣。

然而，其中最令人怵目惊心的莫过于一辆牛车，它掠过野兽獠牙般的刀树尖儿（刀树梢头尸体累累，均被刺穿），从半空中落下。牛车的帘子被地狱之风刮得掀了起来。里面有一位女官，衣着极华丽，简直会被当成女御、更衣①。等身长的黑发在火焰中披散开来，白皙的脖颈往后挺，痛苦地挣扎着。女官的形象也罢，火势依然很旺的牛车也罢，无不使人联想炎热如灼的地狱之酷刑。可以说，宽阔的画面上的恐怖都集中在这个人物身上了。画得如此出神入化，观看它的人自然而然会觉得凄厉的号叫声传入了耳底。

　　啊，可不是嘛。正是为了画这个场面，才发生了那起骇人的事件。话又说回来了，要不然良秀又怎能那般活灵活现地画出地狱苦难呢。画师完成了这扇屏风上的画，却落个命都丧了的悲惨下场。画中的地狱说得上是本朝首屈一指的画师良秀本人不知几时将下的地狱。……

　　我太急于讲那扇弥足珍贵的地狱图屏风的事，或许竟把故事的次序给颠倒了。不过，现在就转话题，继续讲奉侯爷之命画地狱图的良秀吧。

---

　　① 妃嫔中地位最高的是女御，其次为更衣，皆侍寝。女御的爵位是三位，更衣是四位。

七

　　那之后五六个月的时间，良秀根本没到府邸去，专心致志地在屏风上作画。他那么疼爱女儿，可一旦画起画儿来，连女儿的脸都无意看了，岂不是不可思议吗？据方才提到过的那个弟子说，此人好像一着手工作就被狐狸迷了心窍。唉，确实是这样。当时谣传，良秀在画道上成名，有人说是由于他向福德大神①许过愿。证据是，良秀作画的时候，有人曾暗地里窥视，确实看到了阴森森的狐狸精，而且不止一只，是前后左右围了一群。既然到了这个程度。一旦拿起画笔来，除了完成那幅画，其他的就什么都忘在脑后了。黑夜白天，他蛰居一室，连阳光都轻易见不到，尤其是画这扇地狱变屏风的时候，好像要多入迷，有多入迷。

　　那个人在就连白天也撂下窗板②的屋子里，要么借着

_____

　　① 福德是佛教语，指善行以及由此获得之福利。12世纪上半叶编成的日本古典文学名著《今昔物语》第一卷有云："舍利弗兼备大智与福德，最宜在国内供养。"舍利弗在释迦十大弟子中称智慧第一。
　　② 日本古式建筑的一种带格子的板窗，用以遮蔽阳光，挡风雨。除非刮风下雨，白天通常吊起。

高脚油灯的光，调和密传的颜料，要么就让弟子们穿上公卿的常用礼、高官的便服，打扮成各种样子，他把每个人的身影一丝不苟地临摹下来。

传说的可不是诸如此类的事。倘若是这般怪事，即使没画地狱变屏风，只要是正在作画，他随时都做得出。哦，就拿画龙盖寺的五趣生死图的时候来说吧。他曾从容不迫地坐到街头的尸体跟前——如果是正常人的话，路过时会故意把视线移开——将那半腐烂的脸和四肢，连头发都一根根分毫不差地临摹下来。那么，他究竟是怎样着迷得忘乎所以的呢，恐怕有些人还是不了解吧。现在没有工夫详细诉说，只将主要的事儿讲给看官听。大致是这样的。

良秀的弟子之一（还是前面提到过的那个人）有一天正在化开颜料，师傅忽然走过来说："我想睡会儿午觉，可是近来净做噩梦。"这不是什么稀奇的事儿，弟子连手都没停下来，只是敷衍了一声："是吗？"

然而良秀不同寻常地面泛寂寥之色，语调客气地央求道："因此，我睡午觉的当儿，想请你一直坐在我的枕边，你看行吗？"

师傅一反常态，竟然对梦什么的也介意起来，弟子感到纳闷儿，但此事不费吹灰之力，就说："好的。"

师傅好像依然放心不下，迟迟疑疑地嘱咐道："那么，马上到里屋来吧。当然，回头要是旁的弟子来了，可不能放进我睡觉的地方。"

里屋就是那个人作画的房间。此日也和夜晚一样，屋门紧闭，当中点着昏暗的灯，四周竖立着一圈儿屏风，上面用炭笔只勾画了草图。且说良秀一来到这里，就枕着胳膊，仿佛是个精疲力竭的人似的，酣然入睡。但是不到半个时辰，难以形容、令人毛骨悚然的声音开始传入坐在枕畔的弟子耳里。

八

开头仅只是声音而已，过了一会儿，逐渐变成断断续续的话语，好比是濒于溺死者在水里的呻吟，说出这样的话：

"什么，说是让我来。——到哪儿——到哪儿来呀？到地狱来。到炎热如灼的地狱来。——谁呀？说这话的你是？你是谁呀——我只当是谁呢。"

弟子不禁停下了正在把颜料化开的手，战战兢兢地迎着灯光窥视师傅的脸。遍布皱纹的脸煞白了，还渗出大粒的汗珠，嘴唇干裂。牙齿稀疏的嘴，喘气一般张开得老大。而且，那嘴里有个东西晃动得令人眼花缭乱，疑似系了根线什么的，拽来拽去。据说是那个人的舌头哩。断断续续的话语原来发自这舌头。

"只当是谁呢——嘿，原来是你呀。我也料想是你来着。什么，迎接我来了？所以就来吧。到地狱来吧。地狱里——我闺女在等着呢。"

据说当时弟子直觉得恶心，以致朦朦胧胧、奇形怪状的阴影掠过屏风面儿一簇簇滚落下来的情景仿佛映入眼帘。不待言，弟子立即伸手按住良秀，竭尽全力摇撼他。可是师傅依然似睡非睡地喃喃自语，看光景轻易醒不过来。于是弟子毅然决然将旁边那洗笔的水哗啦一下泼到那人的脸上。

"等待着哪，乘这辆车来吧——乘这辆车到地狱里来吧——"话音未落，变成喉咙被勒住般的呻吟声，良秀这才好不容易睁开眼睛，比挨针扎还要慌张地冷不防一跃而起。梦中的魑魅魍魉大概仍留在眼帘里，挥之不去。他眼里一时透露出恐惧的神色，仍旧张大了嘴，凝望天空。不久，好像苏醒过来了，这会子非常冷淡地吩咐道："已经行了，到那边去吧。"

这种时候倘若违抗，总会大受斥责，所以弟子急忙从师傅屋里走了出去。他说什么乍一看到外边依然明亮的阳光，就觉得自己简直像是从噩梦醒过来似的，松了一口气。

　　然而，这还算是好的。过了一个月光景，另一个弟子又特地被召到里屋。良秀仍在昏暗的油灯光下叼着画笔。他猛地朝弟子转过身来说："劳驾，再脱光一次衣服吧。"

　　以往，师傅也动辄如此吩咐过，所以弟子赶紧脱得赤条条的。那个人把眉头皱得怪怪的，这么说："我想观看被铁链箍住的人，真对不起，你就暂且听从我的摆布好不好。"

　　其实，他口气冷冰冰的，丝毫没有表示遗憾的样子。这位弟子本来就是个身体魁梧的后生，与其握画笔，似乎更适合拿大刀。看来此举毕竟使他感到震惊。事过境迁，只要一提及当时的情景，据说他就反复念叨："我以为师傅疯了，莫非是要杀我。"至于良秀呢，因为对方磨磨蹭蹭的，恐怕惹得他越来越焦急了。不晓得是打哪儿拿出来的，他哗啦哗啦地拖着一根细细的铁锁链儿，几乎以猛扑过去的势头骑到弟子的脊背上，不容分说就那样反剪其双臂，用锁链一道道缠起来。他还残忍地将锁链的一端用力一拽。这怎么受得了。弟子身体不支，把地板震得山响，咕咚一声横倒在那儿啦。

九

弟子此时的姿势，可谓像煞翻倒了的酒坛子。由于手脚被残忍地捆成一团，只有脖子还能动弹。长得又胖，浑身的血液被锁链勒得不流通，以致脸啦、腰部和皮肤全都发红了。然而，良秀似乎对此并不大在意，他围着那酒坛子般的身体这儿那儿地边转边瞧，临摹了好几张相差不多的图。这期间，被捆绑的弟子身体何等剧痛，就无须特意诉说了。

不过，倘若什么事都没发生，这种痛苦恐怕还会延续下去。所幸（与其这么说，也许不如说是不幸更恰当些）少顷，从屋角的坛子后面细细地蜿蜒流出一条黑油般的东西。起初好像是黏糊糊的，慢腾腾地移动，然后滑得越来越轻快了，旋即闪着光，流到鼻子跟前来了。弟子一看，不禁倒吸了一口气，大叫道："蛇呀——蛇呀！"他说，登时觉得全身的血液都凝固了。敢情，蛇那冰凉的舌尖差一点儿就触到被锁链箍住的脖肉了。发生了这意外事故，良秀不论多么蛮不讲理，大概也吓了一跳。他慌忙扔下画笔，刹那间一弯腰，飞快地抓住蛇尾，把蛇倒吊起来。蛇被倒吊着，仍仰起脑袋，紧紧地卷起身子，然而无论如何也够不着那个人的手。

"可惜被你这家伙败坏了一笔。"

良秀感到窝心似的嘟囔，将蛇就那样丢进屋角的瓮里，然后才仿佛勉勉强强一般替弟子卸下了身上的锁链。那也只是卸下了而已，对当事的弟子连一句体恤话也不肯说。弟子挨蛇咬犹在其次，使他怒火填膺的多半是临摹之际败坏了一笔。后来听说，这条蛇也是那个人特意饲养来供写生用的。

仅仅听了这些，就大致明白良秀是如何着迷得疯疯癫癫、有点令人生畏的情况了吧。然而最后还有一桩，这回是年方十三四的弟子，也沾了地狱变屏风的光，体验了恐怖，说起来差点儿把命搭进去。该弟子生来皮肤白皙，像个女人。有一天晚上，他被不动声色地招呼到师傅屋里。良秀在灯台的光下，手心上托着怪腥臊的什么肉，正喂一只不常见的鸟。大概有普通的猫那么大。这么说来，不论是宛若耳朵那样向两侧翘出去的羽毛，还是又大又圆的琥珀色眼睛，看上去总觉得像猫。

十

良秀这个人历来最讨厌别人对自己做的任何事插嘴。方才讲的蛇什么的也是这样。他一概不告诉弟子们自己的屋子里有什么。因此，有时桌子上放着骷髅，有时排列着白银碗和莳绘①高座漆盘，要看当时作的是什么画，摆出许许多多意想不到的东西。然而，平素究竟将这样的物品收藏在何处，据云谁都不晓得。这恐怕也是良秀受到福德大神冥助这个谣传的起因之一吧。

于是，弟子一面独自思量，桌上的怪鸟一定是画地狱屏风所需之物，一面拘谨地凑到师傅跟前毕恭毕敬地说："敢问有何吩咐？"良秀简直就像没听见似的，伸舌舔了舔红嘴唇，边说"怎么样，多驯熟啊"，边朝着鸟扬了扬下巴。

"这是什么玩意儿呀。我可从来没见过。"

弟子一边说一边觉得恐怖似的盯着这长着耳朵、宛若一只猫的鸟儿。良秀则照旧以往常那嘲笑般的语气说："什

---

① 莳绘是日本奈良时代（710—784）创始的一种漆法。在器具上刻图纹，着以金、银、铜、黄铜等粉（莳绘粉），再加工制成。

么，没见过？城市长大的人就是这样，不好办。这是两三天前鞍马^①的猎人送给我的叫作猫头鹰的鸟。不过，这么驯熟的还不多。"

那个人这么说着，徐徐举起手，轻轻地从下而上抚摩刚好吃完食的猫头鹰脊背的羽毛。于是，就在这当儿，鸟突然尖锐、短促地叫了一声。转瞬间从桌上蹿起，挓挲着两爪，抽冷子朝弟子的脸扑去。倘非当时弟子慌忙扬袖遮脸，准已负伤一两处。弟子啊啊地喊叫着，甩袖欲轰之，猫头鹰却盛气凌人，张开嘴叫着，又是一次突袭——这时弟子已忘掉是在师傅面前了，站起来防御，坐下去驱逐，不由得在狭窄的屋中四下里乱窜。怪鸟当然紧追不舍，时高时低地飞翔，只要有隙可乘，就朝着眼睛猛冲过来。翅膀每每吧嗒吧嗒扇出可怕的声响，诱发落叶气息、瀑布飞溅的水花，要么就是猴酒^②馊味，诸如此类古怪氛围，就别提有多么瘆人啦。据说这个弟子曾讲，他甚至把幽暗的油灯火当成朦胧的月光了，心情不安，觉得师傅的屋子就那样乃是远山深处妖气弥漫的峡谷。

————————

① 鞍马是日本京都市左京区的地名。
② 猴酒指猴子贮存在枯树的空洞或岩石凹处的果实自然发酵酿成的酒状液体。

然而，弟子感到可怕的并不只是被猫头鹰袭击这档子事。不，使他更加毛骨悚然的是师傅良秀冷冰冰地瞧着这场混乱，慢条斯理地摊开纸，舔着笔，临摹像女子般的少年被怪鸟折磨的惨状。弟子瞥了一眼这情景，立即感到难以言表的恐惧。他说，其实，一时甚至觉得自己的性命会断送在师傅手下哩。

十一

其实不能说他被师傅杀死的事绝对不会发生。真的，就连那个晚上特地召唤弟子前来，老实说似乎也是心怀诡计，唆使猫头鹰去啄弟子，他就好临摹弟子到处乱逃的模样了。所以，弟子刚看了一眼师傅的神态，就不由自主地把脑袋藏在双袖里，连自个儿都不晓得惊叫的是什么，就那样蹲伏到屋角拉门跟前去了。这样一来，良秀也不知发出了些什么着慌般的声音，有站起来的动静。转瞬之间，猫头鹰扑扇翅膀的声音比先前还响了，东西倒下去的声音、摔碎的声音，一片喧嚣传到耳际。这下子弟子再一次慌了神儿，不禁抬起藏着的头。只见屋子里不知什么时候变得一团漆黑，师傅喊叫弟子们的声音在黑暗中焦急地响着。

不久，一个弟子从远处答应，举灯照亮儿，急忙走过来。借着被烟熏污的那盏灯的光望去，但见高脚灯台倒了，地板和草席上满是油，方才那只猫头鹰显得蛮痛苦地光扑扇着一只翅膀，就地滚来滚去。良秀在桌子对面探起上身，似乎惊呆了，嘟囔着旁人听不懂的话。这也难怪，那只猫头鹰身上，从脖颈到一只翅膀，紧紧地缠着一条乌黑的蛇。多半是弟子蹲伏下去的当儿，撞翻了放在那里的瓮，里面的蛇爬出来了，猫头鹰贸然地抓将上来，终于引起这样一场大乱子。两个弟子面面相觑，茫然观看了一会儿这稀奇的光景。少顷，向师傅默默地行礼，偷偷摸摸地退回到自个儿的屋子。蛇和猫头鹰其后怎样了，这，无人知晓。

这一类事另外还有好几档子。先前说漏了，侯爷是秋初下令画地狱变屏风的。所以，自那以来直到冬末，良秀的弟子们不断地受到师傅那古怪举动的威胁。可是，到了冬末，良秀在屏风的画方面大概有了什么不如意的事。他那神态比以前更加阴郁，谈吐也眼看着粗暴了。同时，屏风上的草图也只画完了八成，没有进展的样子。不，看那光景，一个不好，甚至把自己至今所画处涂掉也在所不惜。

然而，屏风的什么不如意呢，无人知晓。恐怕也无人想知晓。以前发生的种种事使弟子们吃过苦头，所以他们的心情宛如与虎狼同槛，从此想方设法不接近师傅。

十二

　　因此，这期间的事就没有什么值得奉告的了。如果非
说不可的话，是这个刚愎自用的老爷子不知怎的变得格外
心软爱流泪，时常在无人处独自哭泣。尤其是有一天，一
个弟子到庭前来办什么事，这时师傅热泪盈眶，正站在廊
子里心不在焉地望着即将入春的天空。弟子见状，反而觉
得难为情，就默不作声偷偷摸摸折了回去。但是，为了画
五趣生死图，连路边死尸都临摹的那个傲慢的人，竟由于
未能随心所欲地画屏风画这么一点小事就像小孩儿似的哭
起来，岂不是太奇怪了吗？

　　然而，一方面良秀简直不像是正常人那般不顾一切地
在屏风上作画，另一方面那个姑娘不知何故越来越忧郁，
就连当着我们的面都明显地忍住眼泪。正因为她本来就是
个面带愁容、皮肤白皙、举止谦恭的女子，这么一来，睫
毛沉甸甸的，眼圈儿发黑，越发显得凄怆。起初还有人这
样那样地揣测，什么想念爹啦，害相思病啦，可是其间又
开始风传说是侯爷要让她就范才这样的。随后，人人都像

忘却了似的，关于那个姑娘的风言风语戛然而止。

　　恰巧就是那个时候的事儿吧。一天晚上，更深人静，我独自沿着廊子走，那只猴子良秀突然从什么地方蹿过来，一个劲儿地拽我的裙裤下摆。记得那是个仿佛已发散着梅香、淡月辉光的暖夜。迎着亮儿望去，只见猴子龇着雪白的牙齿，皱起鼻尖，简直要发疯似的尖叫。我感到三分不快，又因新裙裤的下摆被拽而七分生气。起初打算一脚踹开猴子径自走过去，转念一想，还有过某武士由于整治这只猴子而冒犯了小公子的先例，更兼猴子的举动看来太不寻常了，我终于拿定主意，朝着猴子拖曳的方向信步走了三四丈远。

　　沿着走廊一拐弯，就连在夜间，透过枝叶柔嫩的松树展现在眼前的是一泓泛白的宽阔池水。刚走到那儿的时候，好像有人在近旁哪间屋里争吵的动静，既仓促又分外悄然地逼到我的耳际。四下里一片静寂，混混沌沌，分辨不出是月色还是雾霭，除了鱼儿跳跃的声响，听不到任何语音。此刻传来了这样的声音，我不禁止步，倘若有不法之徒，非得给他点厉害尝尝不可。于是我屏息，悄悄把身子移到拉门外边。

十三

　　然而，猴子可能嫌我的动作缓慢了。良秀急不暇待地在我的脚边兜了两三个圈子，用宛如喉咙被扼住般的声音尖叫着，抽冷子飞快地跳上我的肩头。我不由得把脖颈向后一仰，以防被爪子挠了。猴子又搂住我的礼服袖子不放，免得从我身上滑落下去。这下子我不知不觉跟跟跄跄晃出两三步，后背重重地撞到拉门上。这样一来，我片刻也不能犹豫了。我猛地拉开门，准备冲进月光照不到的里屋。但这当儿遮住视线的是——哦，更使我惊愕的是，那一刹那正要从屋里像流弹一般飞奔而出的女子。女子迎面而来，差点儿跟我撞个满怀，就势跌倒在门外。不知怎的，双膝着地，上气不接下气，战战兢兢地仰望我的脸，宛似看什么可怕的东西。

　　那就是良秀的闺女，倒也无须特地交代。然而那个晚上该女子恰像换了个人，生气勃勃地映入我的眼帘。双目圆睁，闪着光，两颊看上去也燃红了。加之裙裤和衣衫凌乱不堪，一反平素的稚气，甚至平添了妖媚。这确实是良秀的那个纤弱、凡事都谦和谨慎的闺女吗？我倚着拉门，边凝视月光中美少女的情影，边把慌忙远去的另一个人的脚步声当作能指认的东西似的指着，静悄悄地以眼神询问那是谁？

姑娘当即咬着嘴唇，默默地摇头。那神态仿佛确实心有不甘。

于是我弯下身去，这一次宛如跟姑娘咬耳朵般地小声问："是谁呀？"然而姑娘仍仅只摇头，一言不答。不，与此同时，长长睫毛的尖儿上泪水盈盈，嘴唇比先前咬得更紧了。

敝人生性愚钝，唯懂些最明白不过的事，此外偏巧一窍不通。所以，不知道说什么才好，只觉得仿佛是在聚精会神地倾听姑娘的心脏怦怦跳的声音，呆呆地伫立在那里。当然，这里有个原因，不知怎的，于心不安，感到不宜进一步问出个究竟。

我不知道这样持续了多少时间。然而，过一会儿我把敞开的门拉严，回头看了看红晕好像稍微褪了些的姑娘，尽量温存地对她说："回到自个儿屋里去吧。"而后，我内省恍若目睹了什么不该看的事儿。受到不安情绪的胁迫，羞愧感油然而生，偷偷地沿着来路折回去。但是，还未走出十步，不知是谁又从后面小心翼翼地拽住我裙裤的下摆。我吃了一惊，回过头去看。各位看官道是什么？

只见猴子良秀在我的脚边，像人那样双手着地，金铃铠响着，屡次毕恭毕敬地低下头去。

十四

且说打从出事那天晚上，过了半个来月。一天，良秀突然到府邸来，恳请立即叩见侯爷。虽然他身份低微，大概是由于平素格外合侯爷的胃口吧，轻易不肯接见任何人的侯爷那一天也爽快地准许了，马上将他召唤到跟前。他像往常一样，身穿淡红透黄的狩衣①，头戴软乌帽子，神色比平日显得更加郁郁不乐。毕恭毕敬地跪伏侯爷前，少顷，嘎着声儿说："承蒙侯爷早先吩咐画地狱变屏风，小人昼夜竭诚执笔，已见成效。可谓大致完成了。"

"可喜可贺。我也满意。"

然而，侯爷的语声儿不知何故怪没劲头，无精打采的。

"不，一点儿也不可喜可贺。"良秀略显得气恼，一动不动地耷拉着眼皮说，"虽然大致完成了，但唯独有一处小人至今画不出来。"

"什么，有画不出来的地方？"

---

① 狩衣亦称布衣，原是狩猎服装，但稍微短些，袖口有结扎用的带子。

"正是。总的说来，小人只画得出看到的东西。即使画出来了，也不会称心如意。那样的话，跟画不出来不是一码事吗？"

听了这番话，侯爷脸上浮现出嘲弄般的微笑。

"那么，要想画地狱变的屏风，就得看地狱喽？"

"正是。那一年发生大火灾，小人亲眼瞧见了简直像是炎热地狱的猛火般的火势。其实，由于遇见了那场火灾，小人才画了'不动明王'的火焰。老爷也记得那幅画吧。"

"然而，罪人如何呢？地狱里的鬼卒也没见到过吧。"侯爷仿佛根本没听见良秀所说的话，接二连三地这么问。

"小人见过用铁链子捆绑住的人，也仔细临摹过遭受怪鸟折磨的姿态。因此，不能说连罪人在酷刑下痛苦地挣扎的模样都不知晓。至于鬼卒呢——"说着，良秀露出令人不快的苦笑，"至于鬼卒呢，梦境中屡次出现在小人眼前。要么是牛头，要么是马面，要么是三头六臂的鬼，拍巴掌不响，张开不能出声音的嘴，可以说是几乎每天每夜都来折磨小人。——小人想画而画不出来的并不是这样的东西。"

听罢，侯爷也惊讶了。一时，他只顾焦躁地对良秀的脸怒目而视，随后严峻地紧蹙眉头，不屑理睬地说："那么，说说画不出什么？"

十五

"小人打算在屏风正当中画一辆从天而降的槟榔毛车①。"

良秀这样说着，头一次目光锐利地凝视侯爷的脸。风闻但凡涉及绘画，他就变得犹如狂人。此刻其眼神确实让人心怀畏惧。"那辆车里，一位艳丽的贵妇人在烈火中披散乌发，痛苦地扭动身子。脸挨烟呛，眉头紧蹙，仰八叉望着车篷。手把车帘扯碎了，兴许想遮挡雨点般落下来的火星子。周围呢，一二十只怪模怪样的鸷鸟在鸣叫，纷纷飞来飞去。——唉，这，牛车里的贵妇人，小人怎样也画不出来。"

"那么——该当如何？"

不知为什么，侯爷分外喜形于色，这么催促良秀。而良秀那像往常一样红红的嘴唇，犹如发烧似的颤动着。他用让人觉得是说梦话般的声调重复了一遍："这，小人画

---

① 槟榔毛车，也叫蒲葵车，日本古代贵人乘坐的牛车，车厢外贴着槟榔树叶。

不出来。"他突然以怒不可遏的势头说，"千恩万谢，请老爷把一辆槟榔毛车在小人眼前放火烧掉。而且，如果办得到的话——"

侯爷顿时面有愠色，接着就突然尖声大笑。他边笑得上气不接下气，边说：

"行，凡事都照你说的办。讨论办得到办不得乃无益之举。"

我一听此言，也许是预感，总觉得糟透了。事实上，侯爷嘴边泛着白沫子，眉梢剧烈抽动，样子异乎寻常，简直让人确信是沾染上了良秀那股疯狂劲头。他刚把话头顿一下，旋即喉咙里又以什么东西爆裂开来的气势没完没了地响着，笑道：

"把槟榔毛车也点起火。让一个贵妇装束的娇艳女人坐在车里。车中的女人备受烟熏火燎的熬煎，苦苦挣扎着死去——你想到画这样的形象，不愧为时下首屈一指的画师。予以褒奖。嗯，予以褒奖。"

听罢侯爷这番话，良秀骤然失色，透不过气似的只是翕动嘴唇，过了一会儿，仿佛浑身的筋都松弛了一般，将双手瘫软地支在铺席上。

"多谢老爷的隆恩。"他用低得几乎听不见的声音郑重其事地致谢。多半是由于随着侯爷的话语，自己的意图之恐怖历历展现在眼前了。我毕生仅此一次将良秀当成一个可悯之人。

十六

那是过了两三天后的夜晚的事。侯爷按照诺言，召唤良秀，让他就近目睹槟榔毛车燃烧的场面。不过，并非在堀川的府邸里，而是在俗称融雪府，即昔日侯爷之妹曾居住过的京城郊外的山庄中烧的。

说起这座融雪府，已经很久无人居住了，宽阔的庭园荒芜到无以复加的地步。大概是有谁看过这副连个人影儿也没有的样子，胡乱猜测的。关于死在此处的侯爷妹妹的身世，谣言四起。至今仍有这么个传说，一条可疑的裙裤，其绯红色完全不着地，在走廊里移动。倒也难怪，这座府邸连白昼都冷冷清清，一旦日暮了，庭园里灌溉花木的水就格外阴森森地响，就连在星光下飞翔的苍鸰亦形似怪物，令人毛骨悚然。

那恰好又是个无月之夜，晚间黑漆漆的。借着正殿的油光灯望去，靠近廊檐就座的侯爷，身着浅黄色贵族便服，配以深紫色凸花绫绢裙裤，高高地盘腿坐在白地织锦镶边的圆形坐垫上。他的前后左右，五六个近侍恭恭敬敬地列坐着。这就无须细述了。然而，其中的一个显得大有来头儿。据说此人前几年在陆奥之战时曾因难耐饥饿而吃过人肉，从此，连鹿角都活生生地掰下来。这个膂力过人的武士，看样子衣服里面在腹部围了铠甲，佩带的大刀鞘尾翘起，威风凛凛地蹲在廊檐底下。在随着夜风摇曳的灯光下，恍若梦境，放眼望去，不知怎的，一片令人恐惧的景象。

此外还把一辆槟榔毛车拉到庭园里，黑暗沉甸甸地往高高的车篷压将下来，没有套牛，黑色的车辕斜架在凳子上，金属器具的黄金像星辰一样闪烁，尽管是春天，看着这些，不由得让人有点寒意。不过，车厢用凸花绫子镶边的蓝色帘子严严实实罩着，所以不晓得里面装着什么。周围，听差们一个个手执燃烧得正旺的松明，一边担心烟正朝廊檐那边摇曳，一边煞有介事地等候着。

良秀本人离得稍远一些，恰好跪在廊檐正对面，穿的似乎是平素那件淡红透黄的狩衣，戴着软乌帽子，显得比往常还要矮小寒酸，甚至让人觉得兴许是给星空的重量压的。他后面还蹲伏着一个同样是乌帽子狩衣装束的人，大概是带来的弟子吧。两个人刚好都蹲伏在远处的暗影中，从我所在的廊檐下，连狩衣的颜色也弄不清楚。

十七

大约将近午夜时分了。据认为，笼罩着树林、泉水的黑暗正屏息静悄悄地窥视众人的呼吸，其间唯有夜风轻轻地掠过去的声音，松明的烟随风一阵阵送来烧焦的气味。侯爷默默地凝视了片刻这种奇异情景，随后将膝盖向前挪了挪，尖声呼唤道：

"良秀！"

良秀似乎应答了什么，我只听见了呻吟般的声音。

"良秀，今夜我要按照你的意愿，放火烧车子给你看看。"

侯爷说罢，朝近侍们斜眼看了看。当时，侯爷和身边随便哪个侍者之间好像相互会心微笑了一下，但这或许是我神经过敏。于是良秀诚惶诚恐地抬起头来，仿佛朝廊檐上边仰望了一下，照旧什么都没说，等候着。

"仔细瞧瞧。那是我素日所乘的车。你也记得吧。我打算现在就放火把那辆车烧了，以便让火焰地狱在眼前显现。"侯爷又把话头顿一下，朝近侍们使个眼神。随后，骤然用令人厌恶透顶的语调说，"把一个犯了罪的女侍捆绑起来让她坐在车里面了。因此，一旦点燃了车，那个娘们儿必定给烧得肉烂骨焦，受尽苦难而死。对你绘制完屏风而言，这是千载难逢的好画帖喽。雪白的肌肤怎样烧烂，这可别漏看。乌黑的头发燎成火星儿飞扬的光景，也得瞧个分明。"

侯爷第三次闭口不谈了。不知想起了什么，这回只是晃动肩膀。默不作声地笑了一阵。接着说：

"简直是永世难以见到的场面。我也在此开开眼界。喂，喂，揭开帘子，让良秀看看里面的女子！"

闻罢此令，一名听差一手高举松明，肆无忌惮地走向车子，冷不防伸一只手忽地掀起帘子让人看。烧得噼噼啪啪响的松明的光，红彤彤地摇曳了一阵，立即将窄小的车厢照得清清楚楚。坐铺上是用锁链残酷地绑起来的侍女——唉，谁会看错呢！绣着樱花的华丽锦袍上，垂着乌黑油亮的秀发，斜插的金钗熠熠生辉。虽说装束变了，那娇小玲珑的身材，搭着堵嘴毛巾的脖颈，幽婉矜持的侧脸，不折不扣是良秀的女儿。我险些叫出声来。

这时，我对面的一个武士慌忙起身，手按刀把，朝着良秀那边怒目而视。我吓得放眼望过去。良秀见此情景，好像进入了半疯狂状态。一直蹲伏在地上的他，猛地跳起来，双手伸向前边，情不自禁地想冲着车子奔去。偏不巧，前面已交代过，他待在远处阴影中，分辨不清其容貌。然而，我刚这么一想，不仅是良秀那大惊失色的脸，就连他的身躯，仿佛被冥冥中一股力量腾空吊起似的，转瞬之间竟然杀出幽暗，清晰地浮现到眼前。敢情，此刻随着侯爷一声令下："点火！"那辆载着姑娘的槟榔毛车已被听差们投去的松明点上了火，熊熊燃烧起来。

十八

火焰眼看着包围了车篷。檐子上的紫色流苏仿佛被煽也似的，嗖嗖摇曳。夜色中，下面依然可见白烟弥漫，打着旋儿。火星儿像雨点一般飞溅，让人觉得帘子、扶手、车梁上的金属器具，一下子迸裂飘散——就别提有多么惨厉啦。不，尚有甚焉者矣，火舌哗哗地燎着车两侧的格子窗，高高蹿向半空。炽烈的火色犹如一轮红日落地，天火喷发。方才我险些呼叫，此刻简直失魂落魄，唯有茫然张嘴，定睛注视这恐怖景象。但是，身为人父的良秀呢——

良秀当时的表情，我至今不能忘怀。他不由得想朝车子那边奔过去，却在着火的那一瞬间，停下脚步，依然伸着双手，像被吸住似的，直勾勾地盯着吞噬车子的烈火浓烟。他浑身披着火光，那张布满皱纹的丑陋面孔，就连胡须梢儿都能看个分明。然而，不论是那双张得大大的眼睛里，还是歪斜的嘴唇边儿上，抑或是两颊肌肉那不停的抽搐，脸上历历表露出良秀心中所交集的恐惧、悲愤与惊讶。哪怕是即将问斩的强盗，乃至被拉到阎王殿之十恶不赦的罪人，都不会显出如此痛苦的神态。就连强悍刚猛的武士也为之色变，战战兢兢地仰望着侯爷的脸。

侯爷则咬紧嘴唇，时而发出令人作呕的狞笑声，紧紧盯着车子。而那辆车里——唉，我无论如何也没有勇气详细述说当时所瞧见的姑娘是什么样子。被烟呛得仰起来的脸是那么惨白，为了甩掉火焰竟弄得蓬蓬乱乱的头发是那么长，还有那眼睁睁地化为火的绣了樱花的锦袍是那么绚丽——这是何等惨绝人寰的景象啊。尤其是夜风朝下面一刮，烟随之扑向姑娘的当儿，她的身影就浮现在红底子上撒了金粉般的火焰中。她咬着堵嘴的毛巾，浑身扭动，几乎要挣断捆绑自己的锁链。这情景让人疑心，莫非是地狱中前世恶业之苦活现在眼前了。岂止是我，就连强悍刚猛的武士也不禁毛骨悚然。

这时，又一阵夜风刮过庭园里的树梢——大概人人都是这么想的。这样一种声音刚刚划破黑压压的天空某处，忽然有个绰绰黑物，下不着地上不着天，犹如圆球一般跃起，从正殿的屋脊径直跳进烧得正猛的车厢。车两侧的朱漆格子窗给烧得噼啪乱响，七零八落，姑娘仰面倒着，它抱住姑娘的肩膀，发出裂帛似的尖叫，声音穿透了烟，痛苦而悠长。接着又是两三声——"哎呀！"我们不由自主地异口同声惊喊起来。抱住姑娘肩膀的，原来是那只拴在堀川府邸里的猴儿，诨名"良秀"。

十九

不过，看见这猴仅是一刹那的工夫。火星儿就像漆器上撒布的金粉粒，朝空中迸发升腾，不消说是猴儿，连姑娘的身影也隐没在黑烟深处。庭园当中，唯有一辆燃烧着的车子，火势旺盛，声音骇人。不，与其说是火焰车，不如说是火柱，倒比这冲破星空沸沸腾腾的恐怖的火景来得更贴切。

面对这火柱，良秀凝固般地伫立着，好生奇怪。方才还仿佛在地狱里受责罚，感到苦恼，而此刻，良秀那布满

·262·

皱纹的脸上，竟泛出无可形容的光辉，俨然是心醉神迷的法悦①之光辉。难道已忘记是在侯爷跟前吗，双臂紧紧交抱着胸站在那儿。闺女拼命挣扎而死的情景似乎未映入他的眼帘。唯有绚丽的火焰之色，以及在其中备受苦难而死的女人的身姿，给他心里带来无比的欣喜——看上去就是这么个光景。

然而奇怪的是，事情并不仅仅是此人好像欢欢喜喜地凝视独生女儿临终的痛苦。当时的良秀不知怎的仿佛已不是凡人了，却有着不同寻常的庄严，活脱脱就像是梦中所见狮王之愤怒。所以，就连被突如其来的火势惊起、啼叫喧闹着在空中盘旋的无数夜鸟，似乎也不敢飞近良秀所戴的软乌帽子。想必这些天真的鸟儿也看到了宛若圆光②一般悬在他头上的神秘威严吧。

鸟儿尚且如此，何况我们，就连听差也统统屏住气息，心中充满奇异的喜悦，感激得几乎战栗，直勾勾地注视良秀的脸，恰像瞧一尊开眼③的佛。响彻天空的火焰车，为

---

① 佛教语，因闻法或开悟而得到的喜悦。
② 佛教称佛菩萨头部放出的轮光。
③ 也叫开光。佛教的宗教仪式之一。佛像塑成后，吉日致礼供奉。

之灵魂出窍、呆立不动的良秀——何等庄严，何等欢喜。然而其中唯有坐在廊下的侯爷，判若两人，脸色发青，嘴边堆着泡沫，双手紧紧抓住穿着紫裙裤的膝盖，仿佛一头口渴的野兽似的，喘个不停。……

二十

那一夜侯爷在融雪府焚车的事，无意中从什么人嘴里传到世间去了。关于此事，好像颇有种种贬词。首先，侯爷为什么要烧死良秀的女儿——最多的谣传是，恋爱不能遂愿，出于仇恨而为。可是，毫无疑问，由于绘师脾气邪行，为了画屏风画儿，不惜烧车乃至杀人，侯爷完全是予以惩罚之意。我甚至听侯爷亲口这样说过。

再说那个良秀，也横遭物议：一心想画屏风，宁肯瞧着女儿当面活烧死，真是一副铁石心肠。有人大骂良秀，说他为了画画儿，竟忘了父女之情，简直禽兽不如。就连横川那位方丈也这么认为："生而为人，倘为一艺一能臻于出神入化，竟不辨人伦五常，必堕地狱无疑。"

此后，过了一个来月，地狱变屏风终于画好。良秀当即送到府上，恭恭敬敬请侯爷过目。适逢方丈也在座，一见屏风上的画：烈火狂飙，肆虐天地，令人惊怖，不觉倒吸一口凉气。原本板着面孔，瞪着良秀的方丈，这时也禁不住拍着大腿赞道："真鬼斧神工也！"侯爷听罢此语，苦笑时的那副神态，我至今难以忘怀。

从此，至少府里几乎无人再说良秀的坏话了。因为无论谁，哪怕平日多么恨良秀，见了那架屏风，都会出奇地为他那虔敬庄严的精神所打动，深深感受到火焚地狱的大苦难。

然而，等到那时，良秀早已不在人世。画好屏风的第二天夜里，他便在屋里悬梁自尽了。让独生女儿先他而死，恐怕他也无法再安心地活下去了。他的尸体至今还埋在自家房屋的遗址上。尤其是那块小小的碑石，几十年来风吹雨淋，长满青苔，早就成了一座不知墓主是谁的荒冢了。